我在非洲修地球

老刘 —— 著

中国纺织出版社有限公司

图书在版编目（CIP）数据

我在非洲修地球 / 老图著 . -- 北京 : 中国纺织出
版社有限公司，2025.5. --ISBN 978-7-5229-2305-5

Ⅰ. I267

中国国家版本馆 CIP 数据核字第 2024W53N06 号

责任编辑：张　宏　　　责任校对：高　涵
责任印制：储志伟　　　排版设计：李佳宇

中国纺织出版社有限公司出版发行
地址：北京市朝阳区百子湾东里 A407 号楼　邮政编码：100124
销售电话：010—67004422　传真：010—87155801
http://www.c-textilep.com
中国纺织出版社天猫旗舰店
官方微博 http://weibo.com/2119887771
北京通天印刷有限责任公司印刷　各地新华书店经销
2025 年 5 月第 1 版第 1 次印刷
开本：710×1000　1/16　印张：15
字数：185 千字　定价：68.00 元

推荐序

我和老图相识于知乎。在我做斯瓦希里语科普的回答下，他给我留言，一来二去就熟识了。后来，我听闻他已经前往非洲工作。而今回到国内，他捧出《我在非洲修地球》，向我们讲述自己的非洲故事，我为他高兴。更高兴的一点是，我们的驻非工作者和即将赴非的工作者又多了一本行动指南，书里对非洲和非洲文化的描述发乎于心，源乎于行，不隐恶，不讳善，这对于消除刻板印象、搭建中非交流沟通的桥梁至关重要。

老图表示自己从未想过会来到非洲这片土地，但最终还是跨过国门，投身于"一带一路"的项目中，这对他来说是一段难忘的经历。他探索过非洲的沙漠和深山，经历过非洲边境的动乱与疾苦，这些经历让他对"真实的人间"有了更深刻的理解。

"人"是老图与非洲的连接点。非洲人的日常生活和文化差异给老图留下了深刻的印象。与非洲司机共同经营民宿的经历，让他感受到了非洲壮阔的风景和当地人的生活方式。他与当地的保安建立了深厚的友谊，体验了主营地和石场的快乐，体会到了与长期驻守石场的人交流的乐趣。

在个人经历之外，他更为即将前往或正在非洲工作的同胞提供了非洲生活指南：从如何做好赴非工作心理建设，到如何获得一份在非洲的工作；从如何应对某些非洲工人消极怠工，到如何妥善处理驻外期间的家庭关系。书中的实用信息和建议，可以帮助读者更好地适应和理解非洲的工作和生活环境。

近年来，像老图这样赴非工作的中国人不在少数。这些"修地球"的人，不仅促进了中非之间的经济合作，也加深了中非人民的友谊。这种面对面的人文交流，有助于增进双方的理解和信任，为中非友谊提供了坚实的社会基础。中国人赴非驻外工作不仅是中非经济合作的重要组成部分，也是促进中非友谊的重要途径。通过各种形式的人文交流和务实合作，中非双方能够更好地理解和尊重彼此，共同推动构建更加紧密的中非命运共同体。

习近平主席强调，中非友好合作精神是中非双方数十年来休戚与共、并肩奋斗的真实写照，也是中非友好关系继往开来的力量源泉。这种精神的核心在于"真诚友好、平等相待，互利共赢、共同发展"，这为中非关系的发展提供了指导原则。

人们对一片大陆从陌生到熟悉，从恐惧到亲切，离不开如老图这样亲身前往非洲，又愿意将自己的经历记录下来的热心人。真诚地希望更多人能通过这本书看到非洲、看清非洲、看懂非洲。

男爵兔

2024 年 10 月

目　录

上篇　有趣又好玩的非洲

你好，这里是非洲部落 / 2

有哪些是"真正去过非洲的人"才知道的事？ / 5

您有一封非洲边境之旅邀请函未读取 / 7

缘起：你知道你的那个她多少岁了吗？ / 12

在非洲，你要学会的15条生存逻辑 / 15

致敬非洲被我吃掉的粮 / 20

非洲人，站在食物链顶端的现代人 / 23

你可能想象不到的非洲房子 / 25

你看！老图的动物世界！ / 28

非洲边境工作随拍 / 32

初到营地，非洲幽默新概念 / 38

走不完的非洲，踩不完的"坑" / 42

非洲人快乐的本源——拍照 / 44

那些在非洲边境工作的中国同事 / 46

主营地和石场的快乐 / 62

牧羊人 / 64

非洲徒手可抓鱼 / 66

老大难——给非洲人发工资 / 68

我和非洲机械操作手们 / 71

油罐车司机 Morris / 88

我的队长司机 Sam / 92

边境送我个非洲娃 / 99

时尔可爱的非洲人 / 103

镇中庙，沙中湖，湖中鳄鱼 / 108

边境的非洲岁月啊，请你慢些走 / 111

守土场的日子 / 114

关于睡觉技能的探索 / 118

在非洲，原始与现代的触碰 / 120

非洲人罢工：矛盾的开始与升级 / 123

你在南苏丹开飞机，我在肯尼亚修学校 / 126

寻草原误探蝙蝠谷 / 129

沙漠之湖图尔卡纳 / 134

八年南苏丹，归来机械师 / 137

难忘的非洲保安们 / 148

我的工人学聪明了！ / 150

帮忙倒料的孩子 / 152

雨的多与少灾难论 / 154

在飞机上过年吧 / 156

非洲的人情世故 / 157

神奇的海外工程监理 / 158

头大的中国boss们 / 165

一年，漂泊 / 166

从边境搬砖到央视《开讲啦》/ 168

欧美移民非洲，非洲人只会中文 / 173

一个中国人在非洲边境开的酒吧 / 176

别看，我是非洲笑话 / 178

下篇　地球修理工入门指南

五年前我咨询过的事 / 184

在非洲工作安全吗 / 187

在国外做工程，是怎样一种体验 / 190

关于管理的一些想法 / 193

非洲人教会我的那些非洲生存之道 / 196

怎么对付那些"妖魔鬼怪"般的海外监理 / 199

中资企业，怎么防止境外偷油 / 202

海外"老鸟"给菜鸟的20条掏心总结 / 204

海外工程和国内工程的区别浅见 / 206

关于海外就业的一些想法之一 / 210

关于海外工程的一些想法之二 / 217

地球修理工小白进阶秘籍 / 221

去海外前需要想清楚什么 / 225

回国前后，驻外人的抽样调查结果汇总 / 228

后记 / 231

上篇　有趣又好玩的非洲

你好，这里是非洲部落

从没有想过有一天，我会跨出国门，来到非洲这片神奇的土地。也从没想过有一天，我这个半吊子土木人，会投身"一带一路"去铭记自己的青春。你好，我是老图，我想告诉你一些关于青春和非洲的故事。

当我们拼凑环游世界的版图时，非洲总是格外让人犹豫不决。在这片古老、野蛮又原始的土地上，有着最旺盛的生命力，又美丽又残忍。最初认识它是通过《动物世界》，恐惧它是因为这里连年的战争。这是一片值得世人敬仰的土地，是全世界人类的起源地。

700万年前，古猿从这里开始分化，经过能人、直立人、海德堡人，在20万年前进化为智人，晚期智人被认为是解剖结构上的现代人。人类学家在肯尼亚发现了160万年前的直立人化石——一位被取名图尔卡纳的男孩，手持石斧，健步如飞，是地球上最早出现的智能物种。

　　本书所记诸事的发生地，就是在直立人化石的发现地——肯尼亚。

　　我和非洲的故事要从大二那年说起，那时候学校有个肯尼亚义工计划，我兴致勃勃地报了名，遗憾的是最终没能入选。但是有些事情似乎冥冥之中已经注定，大三时我顺利签约了中铁海外班，又一次得到了与非洲亲密接触的机会。为了实现自己的海外梦，我劝说完父母就告别了亲人，带着激动与惊喜，带着对青春的执着，背上行囊跟随公司的脚步来到了非洲这片土地——肯尼亚。

　　在非洲的岁月里，有时候我也会想自己来非洲是为了什么。是为了儿时的梦想？但梦想终会在人生的旅途中蜕变更替；是为了更高的收入？是，但也不全是，可能确实也想为短暂的人生增添更多的精彩吧！不一样的国家，不一样的土地，不一样的肤色，不一样的语言，不一样的思维方式……这些可以让我彻底脱离原生的成长环境，摆脱刚毕业的焦虑和困惑，单纯地寻找一个从未踏足的地方去重新认识和审视自己，从另外一个角度去看待自己过往的一切，相信这样，更能造就一个不一样的自己。

　　在肯尼亚，有每天说"tomorrow"的"黑"叔叔；有知足常乐的村民；有时不时停电停水偶尔还要和非洲人起争执的施工生活；有你可能在其他地方永远见不到的第一道原始风景；有工作带来的无尽烦恼，让人郁闷到怀疑人生；也有好心司机教我斯瓦西里语时有说有笑还赠送小礼物的惊喜。在这个地方，我仿佛总能用另一种眼光和视角去发现新的不同，就像那些未被开发之前最为美丽的原始风景。

　　这里记录着一位普通的青年，随着国家"一带一路"的大浪潮，远赴非洲逐梦的故事——在遥远的非洲，在肯尼亚与南苏丹边境一个名为洛基乔基奥的地方——穷困、原始、干旱、存在阶段性枪战骚乱的非洲边境，看中国人和非洲人之间的有趣交往，看中国企业如何应对困难，处理问题。

这里有镇中庙—沙中湖—湖中鳄鱼的非洲沙漠探险；有国际友人瑞典夫妇扎根非洲、修建学校、无偿支教的义士壮举；有八年南苏丹归来协助维和部队运输的机械师；有百般难缠的异国监理师；有非洲边境缺水少电黄沙漫天的艰苦生活；也有苦中作乐，每日和非洲叔叔斗智斗勇的年轻中国人。

这里没有国内都市的八街九陌与车水马龙，没有国内快速、高效的生活节奏，有的是非洲人穷且快乐但是懒惰可耻的乐观心态。这个地方没有什么钱，也没有什么高楼大厦，但是人们每天好像都过得很快乐。

所以我写了这本书，献给生活在经济高速发展的国内的同胞们。毕竟生活那么累，相信你看完我在非洲趣味横生的经历，会开心地笑一笑。

一本书，带你进入非洲，了解最真实的非洲人，以及在"一带一路"倡议大背景下，一线人员最真实的工作和生活状态。

你好，欢迎来到非洲部落！

有哪些是"真正去过非洲的人"才知道的事？

如果你没去过非洲，你就不会知道"非洲人在中国热晕"不是笑话而是事实，因为非洲其实有很多地方真的很凉快。

如果你没去过非洲，你就不会知道非洲当地人可能会为了一头羊拼命，我曾经看到过有十个人因为有人抢了他们一头羊便扛着武器出去，结果晚上只剩不到五个人回来。

如果你没去过非洲，你就不会知道两百块人民币买一头羊可以让你吃个爽，但是如果每天都吃羊肉估计你会想念国内的路边烧烤。

如果你没去过非洲，你就不会知道一个中国人的工资相当于十来个非洲人的工资，关键是这个中国人可能只是二十出头，而这群非洲人至少三四十岁。

如果你没去过非洲，你就不会知道，对于白送的一公里以外的物资，有的非洲人都不想去拿，而是想让你送到他的面前。

如果你没去过非洲，你就不会相信原来非洲人真的可以一天不吃东西，他们只吃一种名为"khat"的草就可以维持精神良好的一天。

如果你没去过非洲，你就不会相信非洲的女人各个都像是身怀绝技，她们尖尖的头上可以顶着超过自身重量不知道多少倍的柴禾随意走动。

如果你没去过非洲，你就不会相信原来机票真的可以提前一年买，只是那回去休假的机票可能会不停延期。

如果你没去过非洲，你就不会相信只要你花足够多的钱，就可以约一个国家的总统吃饭。你不会知道非洲有人饿死，有人却可以坐直升飞机住有游泳池的大别墅。

如果你没去过非洲，你就不会相信非洲人都是天生的越野赛车手，一辆SUV可以给你硬生生开出牧马人的桀骜不驯，面试司机的时候凡是回答自己会开飞机的，一律别继续问了，又是一个"坑爹"的主儿。

如果你没去过非洲，你就不会知道物资的运输过程多么漫长，国内不受欢迎的老坛酸菜牛肉面，可能是非洲的中国同胞饿了之后不得不做的选择，因为没有其他种类的方便面了。

如果你没去过非洲，你就不会知道原来一只小小的蚊子叮了你一下，可能真的会要了你的命，因为你不知道它携带着的疟原虫会让你"挂掉"还是发烧。

如果你没去过非洲，你就不会相信出门在外一定要带现金，不是买东西怕没零钱，而是怕遇到劫匪你没钱给他，劫匪一个不开心就把你给kill了。这个钱俗称"安全保障金"，这不是笑话，而是个很无奈的事实。

如果你没去过非洲，你就不会知道原来广阔天地真的可以大有作为，你既可以移山填海，也可以就山造水池，整个非洲大地都是能让你把想法变成现实的地方。

如果你没去过非洲，你就不会知道同样学历的中国人，只是因为进入的公司不同，收入竟会差一倍，选择比努力更重要。

我去过非洲，我经历过、热爱过，现在仍然有成千上万的中国人留在非洲，为着生计与事业。非洲的中国人很大程度上已经成为驻外人员的一个代名词，因为数量巨大，唯愿还在非洲的海外华夏儿女们，能够健康、平安、富足、快乐地生活，早日回到祖国的怀抱。

您有一封非洲边境之旅邀请函未读取

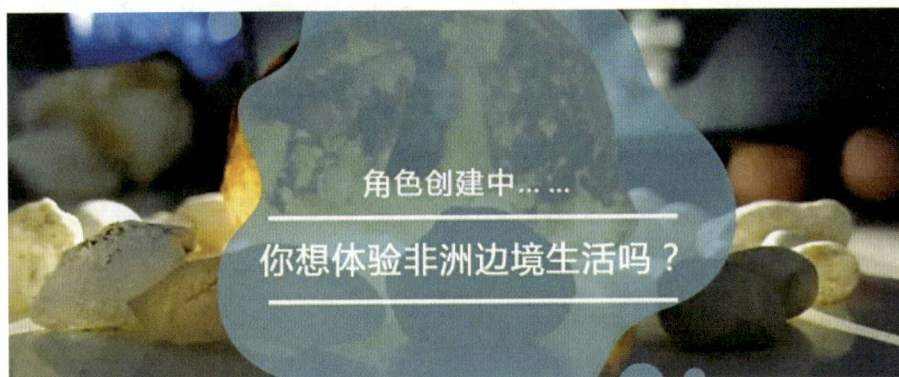

我们将在全球随机选中一些人进入非洲边境，开始这场边境之旅的游戏体验，恭喜您获得神秘邀请码，请心里默念：

和老图一起去边境

I. 选择您要进入的服务器

◎肯尼亚·洛基乔基奥

　　　　— Sorry, no more servers to choose —

II. 选择初始角色

◎商务、施工、测量、计量

　　　　　— 施工员（老图）Creation success —

III. 日常任务

◎ 5：30起床，召集工人集合

◎ 6：00前抵达现场建设土方

◎副营地领取装备：平地机、压路机、水车、自卸车

—游戏秘诀—

◎每1000方土方可获得1个经验值

◎每1500方土方可升级装备一次

◎土方可卖给世界银行获取美金

◎玩家之间可以相互收购

◎你继续工作，被迫选用当地的"菜鸟"操作手，因此进度下降。

— 困难模式专属增益 —

◎两名绝不背叛的当地人

◎独特的宠物宝宝

◎奇妙的游戏体验

— 困难模式专属奖励 —

◎双倍经验卡：海外一年相当于国内两年

◎多倍金币卡：相当于国内1.8~2倍的工资

◎精神力增幅卡：抗压能力提升为国内的3倍

◎全球旅行卡：全球项目可供选择

V. 惊喜挖矿模式

如果你的运气足够好，被分配到特殊区域后可开启挖矿模式，从此走向人生巅峰。

版权声明

以上游戏内容皆根据真实工作经历改编完成，欢迎大家进行体验。

缘起：你知道你的那个她多少岁了吗？

（关于老图的公众号）

公元2017年12月24日

．．．．．．．．．．

哪来那么多废话，就是2017年圣诞节前一天，伴随着苦苦的思索，千呼万唤，她，出生了，名为"一只非洲搬砖狗的自我救赎"。最开始老图只是想为在非洲搬砖枯燥无味的日子做点儿记录，不然哪天挂了都没人知道不是？

于是乎，构思很久后，2018年1月1日，她学会了发声，向各位看官问好，幸得看官们不嫌弃她，因为那些人，都是她的亲人。

那个时候的她啊，太小了，啥都不懂，好在，还有一些人听她絮絮叨叨，幸得后来她随了老爹老图的姓氏，改名为：老图突击队。

她的老爹对她说："你一定要记住啊，人这一辈子，没有谁生来应该为谁付出，所以不管亲人朋友，不能把别人的付出当作理所应当，你要记住，并且，当你有朝一日如若有幸有那个能力了，一定要回报那些人，做人呐，不能忘本。"

她点点头，心里默默地记住一些她生命中让她感动过的人的样子，很多，很多，她想把这一切做成影像让自己永远铭记，但是无奈只能随机地呈现一部分。

后来，她上小学了，学会了做一些手工，她觉得可以回报给一些人了。但是为了公平起见，她做了个小游戏，随机选中了五个人，作为她想回馈的第一批人，并且她也暗下决心，能力足够的话，一定要每年给关注她的人一些回馈。

不过，一个孩子的成长要经历太多，幸得，陪伴她成长的重要的人都在。

听说，在大千世界里，人与人相遇的概率是五千分之一；人与人相知的概率是两亿分之一；能够白头偕老的概率是五十亿分之一。她很庆幸啊，至少看到这里的人，是她的五千分之一，但也不知道，你会是她的多少分之一。不过她的老爹知道，虽然不能成为她的五十亿分之一，但一定想成为她的两亿分之一，这个时候这个孩子懂了：原来越珍贵的越难得，所以她更想珍惜。

转眼，半年过去了，她一直对名侦探柯南保持着热爱，半年就读完了小学，并且一下子就长大了。因为她突然发现，她不仅是为着她自己，还为着这一辈子可能永远不会再遇见的人，她很想尽力地为这些信任她的人做些什么。

可惜每个人都有自己的责任，她也很想尽力地帮忙，不过精力有限，她的老爹也在逐渐衰老，她的老爹告诉她说："做人哪，不能忘本，但也不能违心。"所以啊，也会有很多人从她的生命里消失，也会有一些人不是特别喜欢她的风格，但她记得自己的初衷，也知道自己的本性，更知道，生活是残酷的，让一个事物长久存在的方法只有让其具有商业价值，于是在很多人的心里她可能已经"变了"，但她老爹告诉她的初心，她一直保持着。

在非洲，你要学会的 15 条生存逻辑

（1）非洲人可能并不勤劳。

有一天外面下雨，我们在室内施工，工人突然停下来了，问他们为什么不工作了，他们说外面下雨了，我们无可奈何地给他们解释虽然外面下雨了，但是里面没下雨，不影响我们里面工作，他们就露出白白的牙齿朝你笑了起来。

我工作的地方有个很胖很高的泥瓦工。有一天我很奇怪一直没看到他，我去找他，发现他一直跟一个工人走来走去，我问他怎么不回去干活，他说他的工具在那个人那里，他在等他的工具。我问他为什么不直接问那个人要，然后他恍然大悟的样子，问了下那个人，要回了他的工具。我当时心里很崩溃，忍不住想，也许不是他笨，而是他在用这种方式偷懒。

（2）非洲人可以自如地切换自己的身份。

有个泥瓦工总是迟到，而且经常喝醉了来干活，我就把他开除了。结果过了半个月，重新招木工的时候我发现他又来应聘了，他说他是以泥瓦工的身份被开除的，现在他作为木工可以重新应聘。

（3）他们很喜欢加班。

当地人都很喜欢加班，一听到加班个个乐开了花，不是因为勤快，而

是因为加班有加班的工资，有时候这种纯粹为钱的"小心机"让人哭笑不得。

（4）他们的工作节奏很慢。

每次看到朋友圈有吐槽哪家店老板的服务态度差或者菜品差的时候，我都很想说，消消气，在非洲我们点一个号称10分钟内上齐的晚餐，实际得等两个小时，买的东西店里卖完了，我们说快点儿进货，店主却总是理直气壮地说你不愿买就去其他店，真的很好奇这些店为什么没有一点商业态度。

（5）方便面很重要！

在这里，方便面是不能乱吃的，我们称它为战略物资，万一哪天战乱了我们还有储备粮食，不至于饿死，方便面在这里的地位比在国内高得多。

（6）他们会为了工作机会和你拼命。

还记得罢工前我让司机去加水，结果司机半路跑回来，说他不干了，我问为什么，他说那些当地人说如果他再为我们工作，他们就要kill他。还有一次开车去拉沙子，有个开小车的司机因为用机械拉东西，被当地的装卸工直接从车上拉下去，然后一群人围上去对他威胁恐吓，说不让他用机械拉东西，要用装卸工拉，不然他们装卸工要失业，真的是强盗的逻辑。上次和测量同事圳明去给大车换轮胎也是这样，当地人说你们别干这个，我以为他们好心来帮忙，结果他们却说，我们两个人干的这个活儿当地需要好几个年轻人一起干，我们这样做会让他们失去工作。

（7）他们有种后知后觉的"乐观"。

如果没有来过非洲搞工程，你不会真正理解什么叫苦中作乐。

有次有个挖机操作手在石场开挖机，结果他突然一下子就把抬着的斗子放下来，当时刚好斗子下面有个工人，幸亏那个工人反应及时，再差10厘米那个工人就见上帝了。我当时气得把操作手的祖宗骂了个遍，操作手却还在那儿笑嘻嘻的，更可气的是那个差点"挂了"的工人也在那笑嘻嘻的，我以为是他太乐观了，过了一会儿我问那个工人："你知不知道你刚刚差点见上帝了？"这个时候刚才笑嘻嘻的工人终于反应过来了，气冲冲地去找操作手理论去了，这反射弧没得说。

（8）其实他们真的很容易满足。

一个比较开心的事是，我们花费了很多时间和精力修了一个23米×16米的水泥库房，在非洲留下了个标记。虽然破是破了点，但这个库房因为大，竟然成为了石场的标志性建筑，当地人都觉得很棒，在公路上很远就能看到。关键是上次这个省的省长来视察时还表扬了一番（其实这里的省长差不多相当于国内的镇长）。

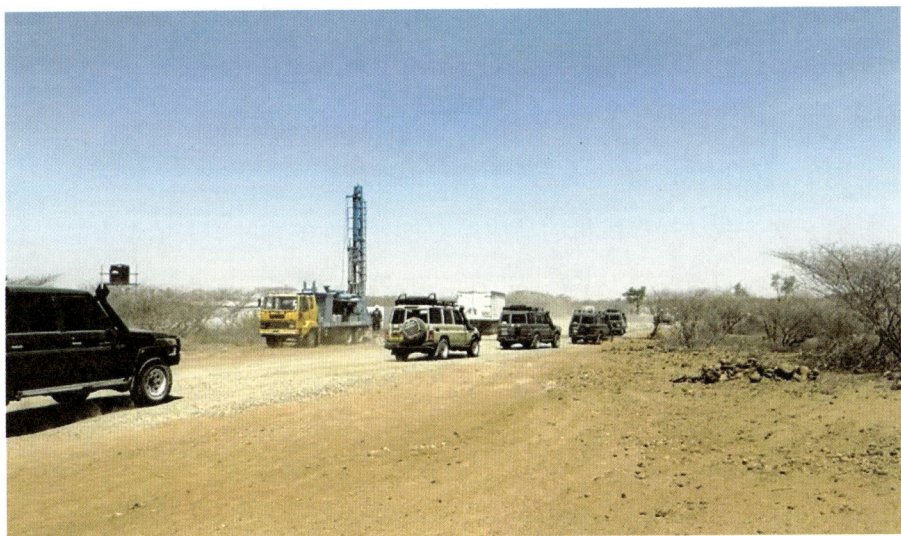

这些豪车全是省长的，20来辆车一起过来差点儿就把路堵死了

（9）他们其实很讲究。

虽然一些工人工作的时候会偷懒，但我发现他们做一些事的时候还是特别用心且有条理的，不管是送箱装的牛奶还是摆放整齐的工具，都和懒惰毫不沾边，让人感觉很讲究。

对于世界银行的项目很多地方都要求很严格，比如，我们以为在荒郊野外，建化粪池只需要挖个坑改个铁皮瓦就行了，对于这种化粪池监理每天都会来"找麻烦"，他们需要我们做水泥预制板盖住化粪池，认为这样既安全又健康环保，所以有了这么多预制板，做好就开始晾晒。

（10）有的人对"差一点点"有自己的理解。

有一次，我让操作挖机的马达母（非洲女性的称呼）去填渗水池。上午的时候，我问她填多少了？她迅速答道就差一点点，我没多想就回去了。下午再去，要求填1米的工作她最多填了20厘米。所以，本应早早结束的工作一直干到了天黑。

（11）他们缺乏一定的科学常识。

在进行某个项目的时候发生了一件很遗憾的事：开吊车的非洲人并不知道高压电的危险，经过高压电的时候把吊车升上去了，结果高压电直接把他从头到脚都电穿了。当地人也不懂，以为他生病了，还把他抬到树底下，用扇子一直不停地扇并祈祷他赶紧好起来，后来人就去世了。

（12）即使在同一个地方，可能也需要好几种语言才能沟通。

什么是"海外搬砖狗"的无奈——和工人签个合同，只会英语还不行，因为当地人有的没上过学。有一次我找来一个会英语的当地人帮忙将合同翻译成斯瓦希里语给不会英语的人看。后面又来了一个工人，我找来帮忙的那个人一脸懵逼和委屈地对我说："Boss，这个非洲人不会英语，也不会斯瓦希里语，他只会当地的图尔卡纳语，我不会图尔卡纳语。"老天爷啊，这个时候我真的切实感受到了语言不通的忧伤。

（13）他们的精力真的很旺盛，但不知道是不是真的出自神奇药草的功效。

来了非洲一直觉得很奇怪，当地人和我们一起工作的时候，经常不吃饭，我一直觉得很神奇，后来发现原来他们吃一种草，很便宜，但是听他们的意思是如果感到疲惫或者劳累，吃了这种草就可以提神。

（14）生存环境真的不好！

有一次带工人出去工作，突然间狂风大作。你能想象与你间隔两米的人突然消失在风沙中的那种震惊吗？风沙瞬间淹没了工人，本来细小的沙子随风成群打在人身上，相当于一套全方位360°的针灸按摩。

（15）不管怎样，小命最重要。

我们才去没多久的时候，碰到肯尼亚总统大选，根据以往的经验，这一时期可能有一些潜在风险，我们还为此做了应急演练，我们制定了两条逃跑路线，万一发生暴乱可以保命。

致敬非洲被我吃掉的粮

之前有小伙伴留言问过我，想知道非洲这边吃什么，本着尽可能为粉丝答疑解惑的原则，给大家梳理下我从出发到非洲驻外，一路吃过的美食。

首先遇到有点不一样的，就是乘卡塔尔航班的时候，美丽的空姐用极为标准的英语问你想要吃什么，那一刻，世界笑了，我点了一份chicken，一份像盒饭一样的东西来了。我的心里感到很悲伤。

如果上天再给我一次机会，我一定要再来几份，因为我发现之后的日子里很难吃到这样看起来很现代化、包装精美的食物了，还有美女一路甜蜜问候。

再一个就是肯尼亚的民间美食"夹巴提"（纯粹个人英译，不喜勿喷），这个真的很好吃，尤其是配上奶茶——当地人叫tea，早餐来一份这个，真的会精神一上午，让你像打了鸡血一般愉快地搬砖。

再来看看这个午餐，夹巴提加上烤鸡，吃烤鸡一定要注意，因为他们竟然是带着毛一起烤的，有时候上面还残留着没有烤彻底的鸡毛。

晚饭的时候当地人比较喜欢喝酒，配上烤羊肉、烤牛肉，拉着各自的"马达母"闲聊，因此酒吧生意很红火。

tusker，读作"塔斯克"，这个酒比较有意思，是坦桑尼亚、肯尼亚、南苏丹一起产出的酒，刚开始喝可能会不习惯，我还为此拉了几天肚子，后来慢慢习惯就好了。

周末的时候项目组领导会组织我们一起吃烧烤，自制烧烤架，牛、羊、猪肉都可以烤，配上啤酒，喝酒、聊天、吃肉，大快朵颐，享受人生。

周末如果放假的话，可以去隔壁名叫748的酒吧，打篮球、台球、吃冰激凌。对了，非洲真的有冰激凌。

项目部每周都会有聚餐，其目的是大家通过聚餐、喝酒，说一些工作场合上可能有误会的事情，毕竟饭桌上说氛围好些，有利于组织团结。有种生物叫非洲鱼，一条十多斤，熬过了干旱和沙漠，却没有熬过我们的胃。

最后要说的，就是非洲本地人吃的。我觉得确实不怎么样，他们的主食叫sasa，是用面粉兑水做出来的面糊糊，非常不好吃，但是每次我问非洲朋友的时候，他们都会说"This is good."。

以上，就是那些年我在非洲吃过的美食，当然，我们公司还是很有范儿的，会不定期地空运一些老干妈、腊肉等过来作为补给，每次吃的时候我心里都在滴血，算算成本估计一口得吃掉好多工资。

非洲人，站在食物链顶端的现代人

看完我吃过的东西，你再看看真正的非洲人吃的东西，你才会明白为什么150万年前，第一位直立人是从这里走出的。

修监理营地（监理住的地方，紧挨着主营地）的时候，我看到蛇的第一反应是逃跑，我怕它。当地人却一路开心地追着蛇跑。对我而言，我是在蛇的食物链之下，而非洲人却把蛇当作食物，不得不惭愧地说我在食物链位置上输给了非洲朋友。

做土方工作的时候，有一只我叫不出名字的生物从我们旁边跑过，这只生物的名字我给忘了，在非洲食物链顶端的非洲朋友们面前，它成了他们的食物。

我是眼睁睁地看着，一只活蹦乱跳的动物，变成了他们嘴里的午餐，关键是他们还邀请我与他们共进午餐，本来不想拒绝他们的好意，但是看了看他们手里半生不熟的肉，想想我祖传的需要好好养护的胃，我果断地拒绝了。

非洲的狂野确实不是无缘无故的，广袤的大草原，马路上一天能压死两条蛇，这些国内的可怕生物到这可能都是食物的代名词。

你可能想象不到的非洲房子

有一次我们去挖沙的时候，因为事先没有告知酋长，被当地群众"请"去和酋长谈话，结果到了酋长的地盘。

非洲的房子破是破了点，但是装修得有模有样，整整齐齐。虽然破，但是不将就，让我突然想到他们工作前会先换一套较烂的衣服，工作完再换回之前比较好的衣服，还是挺讲究的。

　　过年放假去了离边境最近的一个地方——卡库马。在这个生活方式十分单调的非洲边境，也就卡库马可以供人消遣娱乐，让人偶尔有种进城的感觉。我找了一家家庭旅馆，只能说一个字：贵！就这些菜，200元人民币左右。这个没有空调的房间，也得付每日150元人民币。非洲的另一个特点，穷的人真的会穷到饿死，富的人可以富到挥金如土。

　　有个读者的留言特别打动人：

　　我也想出国"搬砖"，体验不一样的风俗习惯，带着相机，感受另外

一块大陆的独特，即使知道非洲的生活并不安稳，可能会寂寞，也可能会找不到女朋友，生活比不上城里，工作也苦。但我就是想看看外面的世界，外面的人，特别是非洲还有这么多的物种。人生短暂，何不趁着丝绸之路建设，发光发热，赚些钱，趁年轻四处游历，写些文章，拍些照片。中年时有经验多做贡献。老年时回来当教师。

确认过眼神，作者是我羡慕的人。

你看！老图的动物世界！

海外工程有个好处之一是，你能吃到别人也许一辈子都吃不到的东西。石场保安有次打猎打到一只动物，说真的，吃了好可惜，因为那只动物特别可爱（当地叫作digidigi）。非洲人对这些可爱动物还没有价值认识，就送给我们让我们拿回去改善伙食。结果我拿回去后，大厨不敢做，他说他之前也是在非洲一个地方把人家的牛吃了，项目部就被当地人给围了，让中国人给个说法，因为那头牛是他们当地的神圣象征。

在非洲有个好处是养动物特别方便，细数我们曾经养过的动物，有猫、乌龟、老鹰、猴子。

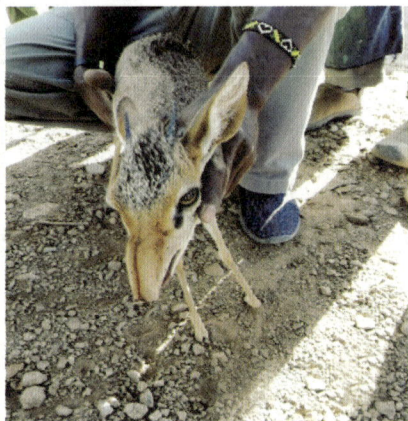

在外观上，非洲的猫和国内的猫也差不了多少。

非洲猫的特别之处在于，它是不抓老鼠的。

其原因有二：一是非洲的老鼠很多已经饿死了，在猫的遗传记忆里，吃老鼠部分可能已经被选择性遗忘了。二是凡能活下来的老鼠，个头一般都比猫大，谁追谁还真不好说。

世界上有两种萌，一种是猫，可爱的萌；另一种是猴子，丑萌丑萌的。我养的猴子已经驾鹤西去了。这也算是它的祭文。不过猴子踩在一只仙鹤上一路直上白云间，总觉得画风哪里不对……

中国人对吃的研究，在世界上肯定属于领先水平。我和中国操作手罗老哥值夜班的时候，开着车在路上闲逛，经常会捡到撞死的兔子，或者某不知名生物，可以充作夜宵烧烤的食材。所以大多数生命，最终都会选择以食物的方式，表达自己对这个美好世界的感激之情。

是鸡还是鸟？

非洲的奥秘之一在于，你永远不知道，你会遇到什么。很多只能在电视上见到，在现实生活中却从未见过的动物和植物都会在非洲的日常生活中碰到。

在副营地的时候，我吃过二十多斤的大鱼，却实在叫不出名字了，因为它大，所以暂称它为大鱼；也见过手掌那么大的蜥蜴，想来这真是回归到了人与自然和谐相处的境界。

在非洲修路不仅要小心，开车也是，一不小心就可能会撞到动物。我撞过一次猞猁，后来听说有人晚上差点儿撞上一个类似豹子的生物。

非洲边境工作随拍

最美丽的风景是雨后，带着美丽的心情，欣赏一下非洲的美景。

大雨不算什么，黑云压城也不算什么，沙尘暴也不算什么，人的身体经过各种环境的洗礼，让我真的每晚回去后只想睡觉，比起环境的恶劣，内心的茫然和孤苦才是最难熬的。

在非洲时不时会有狂风，不是瞎说，真的能把房子吹飞。

　　在非洲坐车的时候，一定要小心，特别是坐大车。小车人家能倾斜45°开，大车更牛，直接倾斜180°，结果自然是大车翻倒。这不是讲故事，是真人真事，值得庆幸的是没人受伤。

　　有段时间我起得特别早，虽然内心是很想睡懒觉的，但生活逼迫我们爬起来，不过有时候早起也会给我们带来一些惊喜——工人都说我们像耶稣。

逢山开路，遇水搭桥，移湖填路，再挖新湖。行走的挖机姿势一换，就像个慢慢爬行的螃蟹。

还是想再次感叹下以前神牛踏过的湖，多美的湖啊，硬生生毁在我的挖机之下，同时也惊叹人类工程的移山填海之力。

修路很辛苦，也很艰难，很多时候只能安慰自己，你修的不是路，你修的是未来的一道风景线。

其实施工真的很枯燥，有时候就是相同的事不停地做一个月、两个月、三个月。在这样一个单调的环境中，幸而老天不负，偶尔给我难得之惊喜。

其实说句实话，不闹事、不扯皮的小镇人，我还是挺喜欢的，毕竟这里像桃花源一样，是独立于世外的存在（暂且当作安慰自己与世隔绝，脱离现代社会的说辞吧）。

有一次中午工人吃饭，只有我一个人在平地机上守着，突然听见有动静，仔细一看是两个小孩子，其中有一个小孩特别可爱，所以没有忍住给她拍了张照，结果她妈妈竟然找上门来要钱，我只好无奈地一直说：哈酷拿（斯瓦西里语，没有的意思）。

因为石场生产有很多石粉，所以有时候从远处看石场真的特别像是非洲的雪景。如果你没有来过非洲，你可能真的不会知道什么叫壮阔。

让我用两张图告诉你，什么叫从早到晚，从白天到黑夜，从这周一到下周一，这就是我们这些施工人的心酸，不是抱怨我们多么辛苦，而是真的感觉各行各业都不容易。你接到外卖的时候对外卖小哥多说句谢谢，或在路上开车的时候，心里想想在这些艰苦的地方修公路的人多不容易，感谢这些修路人，我相信这样，至少能让本就枯燥乏味的生活稍微有点艺术感。

我曾一度以为，这样的照片是需要一些电影特效的，结果非洲的司机的车技，永远会超乎你的想象。机械搭配日出的天空，应该更有意境。

这非洲的壮阔景色，可能很长时间都看不到了！还记得刚来非洲的时候，我一个人被扔到一个中国人都没有的主营地，四周都是荒漠和参与建设的非洲人，我就是靠着拍每天不同的天空坚持了下来，感恩，感谢！

如果非洲的动物算是特产的话，那么非洲的云也可以算无价之宝，它可以随心所欲，变换无形，有棉花糖，有麒麟臂，还有爱之弥心。

非洲这片土地是艺术的土壤，你不知道哪个扛着锄头的工人转身就是一个涂鸦艺术者。

有趣的是，好像非洲人特别喜欢看我没事拍拍拍，从此以后，每当有异常之景，工人们便会激动地叫我赶紧拍。

有次一群鸟一直在空中盘旋飞舞，工人一开始在那激动地叫，我以为出了什么大事，结果是让我拍天上的飞鸟（可惜每次猴子成群结队路过公路，还有黑猩猩在边境作乱以及袋鼠追我们工头，这些趣图都错过了）。

自创涵洞＋水壶的标志性施工狗自制笑脸是我自娱自乐的搭配玩乐，如果没有搬砖的话，可能我会是一个混凝土艺术家吧。

以上仅仅是我拍的一些施工时偶然遇到的精彩瞬

间，肯尼亚真的是个很原生态、很美的地方，希望以后能领略到她更多的精彩，拍到更多难忘瞬间以飨读者，如果未来的某一天能去马赛马拉，我会为大家呈现真正的动物世界，也算实现了当初拍动物世界的初心。

初到营地，非洲幽默新概念

在祖国"一带一路"的大浪潮下，也许，未来会有一种东西，叫作非洲幽默。

（非洲大叔：Boss，我把排水沟给你挖好了！我：大叔啊，谁让你挖的棒棒糖！）

说实话，刚到肯尼亚首都内罗毕的时候，我一下飞机就怂了，真想提桶跑路，这个国际工程和我想象的落差太大了！感觉首都还不如我们老家的小镇繁华，但是一想到自己在朋友圈已经分享了快一年，自己要在非洲待五年再回国，这要是一下飞机就跑路，太丢脸了，于是也只好硬着头皮待下去了。

没有想到的是，我们的项目在肯尼亚和南苏丹的边境——洛基乔基奥，每天干的最多的事情就是早上起来在机

器的工作面捡子弹，因为肯尼亚和南苏丹边境的当地人，经常会因为被对方抢了一头羊而发生枪战。

由于我们是专门的海外公司，同事基本分布在全球各地，有时候想想这个工作挺酷的，毕竟有几个人能在南极建设科考站，能在非洲边境体验真实的枪林弹雨？我们就有一个在非常小的岛国——多米尼加做建设的小伙伴，之前看到小伙伴发的朋友圈里有很多直升机的图片，还以为是那边发达，都直升机接送了。结果过了一阵看新闻才知道，飓风登录，整个国家差点儿被夷为平地，小伙伴说能活着回来也是一个谈资和经历了。

在非洲的我，一开始被分配到主营地（也就是我们中国人主要办公和生活的场所），负责主营地的修建。你敢想象一个初出茅庐的大学生"小鲜肉"，一个人在荒无人烟的异国他乡，方圆几公里内只有他一个中国人，一群身高2米左右的非洲叔叔天天围着他时，他内心的惶恐不安吗？

和我一起出发的重庆老乡老杨，独自被分到副营地负责副营地修建。老杨说，他在副营地不仅修了房子，还给我们修了绿化。我有次路过副营地，兴致勃勃地去寻找绿化森林，看到了他说的那个可爱的绿化，确实很适合晚上几个人坐在一起端点酒和零食吹牛。

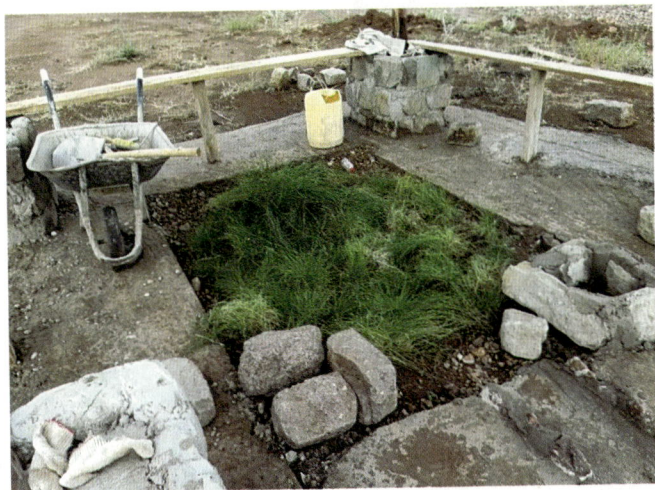

每个初到项目部的新人都会感慨："哇！全是肉，牛肉、羊肉，太丰盛了，简直来到了肉食动物的天堂，便宜又好吃。"一个月后，桌上又摆上了色香味俱全的肉，然而，对话已经变成："那谁，走，今晚上出去吃炸鸡不？"

我的英文名叫 Abel，硬生生被非洲人叫成了 vehicle，后来中方人员问我，他们为什么叫你车辆，我无言以对，再后来又有人叫我 echo，我心里很纳闷，我还成了你们的回音和追忆了？所幸后来5号司机送我一条手链解决了所有问题。直到现在没有陌生的非洲人会问我叫什么，原来非洲人戴的这个手链还有识别身份和名字的功能。

刚到肯尼亚边境的时候天气还有些热，晚上睡觉会开着风扇，等到起来的时候他们问我："你们谁起来关了风扇？"其实没人关，早上突然停电了，这就是真正的非洲，你永远不知道什么时候会断水断电。

你不会相信一个科目二考了五次的人，在这里竟然学会了开水车、自卸车、挖掘机、装载机，感觉就是另一个真人版本的GTA游戏。

每天安排工人干活的时候，我总感觉在玩最慢速度的红色警戒游戏，速度为1，然后慢慢见证一项工作的完成，一个建筑的拔地而起。一个个"小兵"在运材料，建设基地，"敌人"要打过来了（领导视察）才加快速度建造。

以前我觉得修石场有点辛苦，每天12：30回去，13：00多吃完饭，不到13：30又要准备出发，都没有机会睡午觉。然而直到有一次我去帮忙测量，一直测到14：00才回去吃午饭，这时我才知道自己有多幸福。再后来去路上清除表土，完全没时间回去吃饭，我和同事只能在小树下、在风沙中端着饭，互相调侃，还要小心从树上降下"蛋白质加餐"，因为附近都是荒漠，唯一可以遮荫的树木可能也是各种昆虫、小动物的栖息地。

　　清除表土（用推土机推掉既有路面旁所有植被和不好的土）的时候，一开始我们还能坐在树荫下休息，但随着施工进程的加快，我们一步步把可以乘凉的地方一一推掉。什么叫悲剧？在赤道边上离太阳最近的地方，亲手毁掉你可以乘凉的所有地方就是悲剧。

　　有次和国内的朋友聊天，问我什么时候回国，我说机票是8月份的，他们却对时间产生了疑问，觉得我这样是从一个热的地方回到另一个热的地方（重庆），我后来想想觉得应该换个月份回去，不然一年当中就没有体验四季的机会了，每个月都是30℃左右，一年一季有点忧伤。

走不完的非洲，踩不完的"坑"

可能在一些人的印象里，非洲就是个集贫穷、疾病、落后于一身的地方，然而事实是，这里不仅贫穷落后，而且还一步一个"坑"，用战友们的话说就是，感觉我们都快成一群非洲大叔的保姆了。

有的流浪街头的人就连住这样一个住所都是奢侈，很多时候他们找个树荫就睡了（这样的树荫都是他们睡觉的好选择），这里的大街上多的是流浪而又无所事事的人。

圣诞节前发给工人工资后，每个人手里都比我宽绰，等圣诞节一过完却又清一色地找到我，说："Boss，I need to borrow some money。"理由五花八门，有的是小孩要上学，有的是家里的兄弟病了，有的是妈妈生病了，或者快去世了。然而令人无奈的是，当他们隔两天再来借钱时，还会用同样的理由。

有个推土机操作手，自称干了十年，一直是同行里的No.1，结果我说推10公分的土，他硬生生给推了30公分。还有个挖机师傅说开挖机很简单，我用敬佩的眼神目送他离去，然而不久后他就把才修好的混凝土基础给挖没了，原来人家以前是开自卸车的，只是后来摸了几天挖掘机就说会开了，实在令人啼笑皆非。自此以后，内部对此达成一致，先问来操作的人会开飞机不，说会的一律辞掉，说不会的才可能真的是能操作机器的操作手。

还有一件至今令人难忘的事——修配电机房。砌墙的时候，我明显感觉到进度非常慢，但一时没发现问题所在，后来我才知道时间都去哪了——负责砌墙的大叔硬生生给一瓶水做出了个结构合理、受力平衡的床，这是在非洲给一瓶水最高的技术性礼遇。我说："大叔，我看您一天挺累的，还得操心怎么给水做张床，明天您回去休息下不用来上班了（一瓶水引发的劝退）。"

总结起来讲，这些工人们真的很神奇。平常的时候，一口一个I know和I can finish，让你很放心地把任务交给他，可结果却和要求大相径庭，让你感受到"非洲套路"。但是当他们完成工作向你问候，偶尔给你带点东西或者帮你一些小忙的时候，你还是会感动的。

非洲人快乐的本源 —— 拍照

世界乱得一塌糊涂，可是又能怎样，偶尔抬起头来还好有轮月亮可赏。

一开始我见到枪很害怕，后来才知道当地人只是用枪来保护羊。有一天，南苏丹人打过来，为了抢羊，用枪打伤了一个孩子，肯尼亚人坐上车便打过去，这就是一只羊引发的血案。慢慢地我对枪的认知发生了改变，再听到营地旁的枪声，内心很淡定。

有天下午，我为了保留证据（证明我们留存的水泥大概还有多少袋）对一个保安说："我给你在这儿拍个照"，最开始他没拿枪，当发现我是给他拍照后，他说："等一下"，然后他把自己的枪拿来，说这样帅点。其实非洲人有的时候很有意思，无论再穷再苦，拍照一定要酷。

和我一起守土场的保安也很有意思，我守土场无聊的时候就到处拍风景，他和我熟了以后，想让我帮他拍照，然后还摆了个卧罗汉的姿势，十分妖娆多姿。

非洲肯尼亚这边的人，不知道哪来的一种天然的流浪之美，请来的打井队伍还自带了健身器材（请看右页上图中央，角落处一个人举着自制杠铃在锻炼）。

很有一种行走吉普赛的美感

那些在非洲边境工作的中国同事

1. 项目经理杨总

记得才到营地的时候，我们就七八个中国人，其中一个就是项目经理杨总，属于KN88项目的元老级人物了。有次杨总过生日，他老婆刚好从国内过来，我们不知道那天是他的生日，他老婆几天前就问哪里可以买到鸡蛋和牛奶，我们都没意识到这个问题。

最后杨总生日当天，他老婆硬是给他在原始部落，用鸡蛋和牛奶做了个蛋糕出来。

什么是爱情，并不是只有美好，而是不管怎样，不管多远，我知道一切的目的是最终我们能一直在一起，也许这种爱情很罕见，但相信的人最终能收获幸福。其实海外这样的例子很多，很多在外打拼的人，在国内也能过的不错，但是大多数人为了家庭，为了孩子，将自己"放逐"到异国他乡，在这点上，我是发自内心地佩服这些有责任、有担当的真男人。

有一次当地人在石场闹事罢工，我们这些"虾兵蟹将"无能为力，然而杨总来了也是没辙，最后那一幕令我至今难忘——杨总甚至开启了超人模式，说他是上帝派来这里修路的，他们不应当阻拦我们修路。结果这群信奉上帝的家伙让杨总帮他们把上帝叫过来，因为他们很想见见上帝，一个西装革履的项目经理在一群当地人面前也很无奈。

有次聚完餐，一群人在聊天，我说要是八月份休假回国就真的是从一个热的地方回到重庆那个更热的地方。杨总说你可以调到11月份回国，我想了下说："来到非洲，因为没有冬天，我的季节性鼻炎都好了，回去还真有点担心冬天鼻炎犯了。"这个时候杨总说了句："非洲确实气候好，我回去都要呼吸道感染。"确实，看着这里的蓝天白云和青山，其实有时候还是挺不错的。

平时杨总也很体恤大伙，有次他从我们项目部去肯尼亚首都开会，开完会回来告诉我们他在首都内罗毕更新了电影，需要的可以下班去他那拷贝（因为我们的电视剧和电影可能一年才更新一次，回国或者有好的网络才能更新）。

2. 项目经理郭总

郭总是临危受命过来的，因为项目进度严重滞后，对公司已经造成了很大的影响，所以公司派了他过来。他来的第一件事就是带着所有领导一起下工地，一个领导带一个大学生，因为当时项目部的很多年轻大学生没有工作经验。郭总其实和我们相处的时间不长，但是自从他来了后，项目进度提升很明显。那段时间我也学了很多东西，后来因为这边的疟疾严重影响到他的身体健康，他便回国养身体了。很多人都很喜欢他，虽然工作的时候他特别严厉，但该放松的时候也让我们放松。而且特别巧的是，他家和我家离的特别近。当时也是他第一个鼓励我写东西，作为一个才毕业的人，很多时候不知道是非对错，总是思前想后畏缩不前，也是他鼓励我去参加央视节目，建议我丰富公众号其他方面的内容。最喜欢他的一点就是：他说过的话，会很快兑现。

3. 项目经理郑总

郑总是公司调过来的第三个项目经理，他到了以后抓工程进度抓得很紧。郑总也算是我的伯乐之一，他遇到人就喜欢介绍我说：这是我们项目部的才子。

作为公司里前辈级的人物，我记得他和领导班子第一次来项目部看我们时，一口四川话瞬间有了家乡味。后来公司调他过来管理我们项目部，没想到来了半年就基本扭转了项目部的危险局面。说实话，最初扛着压力修复外部社会环境的日子，大家感到特别难熬，但是现在回头看看，正是有了当时那段艰难的日子，才有了现在较好的局面。

我从郑总身上学到很多东西，包括怎么处理外部环境，如何分清每个阶段的重点难点，抓关键，抢进度。我是真心地感谢他对我的信任和培养，让我尝试管理土方队。

不管怎样，老大哥对我的培育之恩不能忘，连监理都说他是一个意志坚强的人，其实私底下，他也是个特别好玩的人。

4. 张总

张总是后来从另外一个项目的领导班子调过来的，我对他的印象特别好，我记得他刚来的时候，我正在做涵背回填，他一来就对监理说："不要给我们下面的基层员工施加太多压力，我们自己的领导已经给了我们太多压力。"遇上这样体贴下属的领导真是我们的福分，特别是当土方队代理队长那段时间，我有很多地方不懂，也是他带着我一步步把很多东西理顺、摸透。跟着张总干过的每位员工，都会佩服他作为一个领导的以身作则。有次酒喝多了，听他说起一些家里的事，听完更加佩服张总，他为了让家人过上更好的生活，付出了很多。

5. 老林

有个家伙叫老林，是一开始来带我的师兄，天天带我坐在屋檐下请我喝可乐，一直吵嚷着为什么我的文章里没有提到他。老林自称赌神，但是自从我开始和他打扑克，他好像都没有赢几次，后来他回到了五十公里外的隔壁项目。

我们在一个宿舍里睡过一个月，这个家伙很奇怪，在来新人之前提议我们一起睡，因为他怕和不认识的人一起睡一个屋子。每天洗澡他要让我出去，自个儿把门关着不知道在干什么。

他是个奇人，对哪里的炸鸡好吃，哪里的酒吧好玩一清二楚。记得一来他就对我说："搞不懂你们这些大学生干嘛跑非洲来。"我最喜欢他每晚睡前叫我一声"老胡！"然后我为了配合演出回答一声："咋了？"他再来一句："傻子。"这似乎成了每晚的安眠曲。

现在这老哥跑到肯尼亚省会去了，每天在朋友圈发各种图片，说他又在吃好吃的，喝好喝的，搞得我真想屏蔽他。但还是挺怀念这个老顽童啊，30岁的"老"男人和20多岁的我们打成一片，带着我们四处逍遥快活。

本来想最后讲他，奈何这个奇人竟然在无聊至极的情况下，还来翻看我的推文，问为什么没写他。我感觉老林很快会回国，我告诉他回国要是过的太好就不用告诉我们了，免得动摇军心；过的不好，也不要告诉我们，免得这老人家的不好在我们眼里会成为奢侈，都说"土木坑"，对这种主动进坑的人我还是由衷佩服。

6. 商务老王

最辛苦的是老王，他是刚来的实习生，但是带他的大哥辞职走人了，偌大的商务部只剩下他一个人。于是他一个人要做很多工作：中国工人不懂英语需要翻译找老王，我们的车被当地人扣了找老王，工人堵门了找老王，办当地电话卡找老王，买的水泥赊账到期了当地老板要起诉我们也找老王……偶尔我也会去商务部帮帮忙。

发工资的时候得扛着麻袋取钱，我们两个人一唱一和，生怕被抢。找老王办事的次数多了，我想过去象征性地关心一下他，才到门口，他问我找他有什么事，我说来看看你。他点了根烟，眉头小皱，说："有啥事赶紧说，我做好心理准备了。"

我说："真没事，就来关心下，别紧张。"

然后我俩莫名而又非常默契地笑了。

因为有时候项目上款项到位会延迟，所以搞商务的老王，在外买东西欠了不少债，往小了说有几十万元，大了说几百万元。他开玩笑说现在都害怕出去，一群人问他要钱，我说他现在是我们这些人里面最安全的，要是他生个病或者有个啥问题，整个小镇估计都得紧张。

有次我们开着霸道的车在将要修的路面上飞奔，车况艰险，有时候45°倾斜飙车，170斤的老王说了句"我要被抖得飞起来了"，那个时候我知道为什么我要来这里修路了。

7. 测量同事圳明

测量同事圳明每次一见到我就喊："道友！"他会做皮具，做测量没多久便扛起了大旗。

有一次和圳明一起晚上出去溜达，我不自觉地抱怨一句："这么美的星空我竟然是跟一个男人一起欣赏。"然后他回了句，"你是不是想几年后连个男

多美的冰淇淋，可惜毁在两个汉子嘴里

的也没了。"想着这么高的辞职率，我急忙说，"算了，算了吧。"

有一次和圳明去测桥，结果我们找了半天都没有找到控制点，扛着"蘑菇头"的我决定坐下来，好好休息下，结果这个时候旁边的小黑默默地说了句："Boss，我知道那个点在哪。"我当时心里五味杂陈，一是我们被小黑打败了很沮丧，二是你知道你咋不早说，害我跑了那么久，走了那么远的路。

圳明每天的工作主要是测量，因为项目有一段路是属于南苏丹，十几公里的样子。他过去测量完回来给我说，觉得应该把我们地方的艰苦地区补助划分成五类（一类最好，我们被划分的是四类，五类最苦），我说得了吧，艰苦地区是艰苦，但感受到艰苦的前提是活着。送命地区的性质都不一样，人没了怎么能感受到艰苦？

测工老莫来到海外，大概有三年了，他既是我们的测量主管，也是圳明的师傅，从没得过疟疾。一直给我们吹嘘这个骄傲战绩，结果快要回国前一个月，他得了疟疾。我立马反应过来，对圳明说："你师傅（老莫）疟了，最紧张的应该是你，你想想，以前两个人干的活，现在有一个人要休息了。"本来是半夜闲聊，结果圳明默默背着书包去办公室整理数据去了。

我们两个无聊的时候喜欢出去玩，有次我被分到K170的地方推土去了，圳明路过这边，吃午饭的时候他想让我陪他去起点测量，我有点不想动，又不好意思直接拒绝，来了句："你帮我把那边的包和那些东西全拿着我们就一起出发吧。"那些东西可在一公里远，结果寂寞的圳明就真的灰溜溜地跑过去拿着回来了，友情无限莫过于此。

我在办公室的时候，每过一段时间就会有测量人员休假回国，原本只有5个人的工程部只剩3个人，然而活却一点没少。我们满员的时候都忙不过来，聊天的时候，我就说了句："估计下一批新来的毕业生有福气了，不用一来就去工地，办公室估计还需要2~3个人。"然后测量的圳明默默来了句："不会的，我会把活加班都干完，他们就可以去施工现场了，我们受过的苦也得让他们通通体会下。"

未来的学弟们啊，心疼你们有这样的学长。

8. 师傅强哥

我们才到项目的时候，都会配一个师傅，带我的师傅是强哥，毕业于中南大学，他每天白天辛苦干活，晚上回去学习计算机，想转行。有一次我和师傅开玩笑说，"如果哪天世界要毁灭了，我们绝对是活到最后一批的人类，毕竟我们尝试过怎么在原始社会生存。"

听我师傅说他们以前的一个项目横跨赤道，于是每天的工作就成了在赤道上走来走去。

因为我们修路需要用到混凝土，对石料有一定要求，所以我们需要修一个石场用于出石料。有段时间我和师傅强哥一起修建荒山野岭的石场，每天的工作就成了我挑着塔尺，你看着水准仪。因为平整土地的推土机噪声很大，我和师傅发明了一套手语操传递消息。也许将来我们指指耳朵推推鼻子也会代表某种意思，比如指耳朵表示高了得往下放一放，指鼻子表示低了得抬一下。

主营地和石场有几十公里的距离，石场的修建需要一个中方人员在那里监督，强哥就是唯一一个在那里监督的中国人。

石场没有网络，我们有次干完活聊天，说要不我们今天提前回去营地，还能有3G网，长期驻守石场不能离开的强哥默默地说了句，"那我们还是继续聊天吧"。因为他还是回不了有网的地方，我们走了就剩他一个人。我们觉得提前20分钟走算早了，但当给同事老田打电话叫他一起走的时候，老田说了句，"我已经到营地了。"

因为有段时间来往于石场和主营地，所以经常帮忙捎带东西，强哥有次让我帮忙带插销，强哥住在荒郊野外用几根木头搭起来的自制民工房里，住处的门关不了，晚上睡觉很痛苦，既害怕不怀好意的人又害怕野兽，所以每晚就让老田把自己反锁在房间里。

有次聊天，我说我房间的吊顶快垮了，我师傅说他的也垮了，我说："世界五百强的吊顶技术不会这么差吧？"师傅来了句："因为虫子太多，压垮的，重点是在虫子多！"

虽然非洲有很多美景、趣事，但是生活不易，工作辛苦，不是抱怨自己多么辛苦，只是想说行行都不容易，我们中午忙起来的时候都顾不上吃饭，下午也要奋战到天黑，那会儿我和师傅强哥就在想："啥时候才能暴富啊！"

我们的午饭都是从几十公里外的主营地让骑手送过来的，经常是我和强哥半夜一起加班，两个孤零零的中国人。

某天来了个新同事，带了一包瓜子，一群人像饿狼见了羊一样向瓜子围过去，然后瓜子持有者来了句："来，我们按颗算钱。"最后一个个就乐哈哈地拿着几颗瓜子离去，说不定这一年就只有这一次吃瓜子的机会，非洲的零食真的很珍贵啊，后来还有善良热心的读者说给我寄点零食：真不想让你们知道运费可能是零食几倍的价格，200元的零食，但是运费得1000元。

9. 发哥和老田

发哥和老田是项目上的两个同事，一个负责绑钢筋，另一个负责堆料，两人都非常幽默。他们两个打赌工人们今天早上能不能绑完那几根钢筋，老田强调说要绑的合格才算，发哥则表示每根钢筋都给他们量好了，算好了，肯定合格。老田却怀疑："你确定他们能绑合格？"然后两个人互相看着对方笑了，发哥默默跑回去监督工人们绑钢筋去了。

听老田说，以前"留守"的时候（也就是项目完成了以后的保质期需要有人在那守着的那段时间），项目上养了狗，因为狗每天也要吃东西，就给狗起了个名字，每天项目上的用餐人员名单中，最下面就是狗的名字。也确实难为我们驻外的人员，项目上只有三个人和两只狗守着。

发哥告诉我，他的工人很有意思，他说："你知道不，我们装集装箱，我过去他们在那正对着集装箱行礼，我就问他们干嘛不干活，结果他们说在当地装好这样一个集装箱是需要杀头羊来祭祀的，他们正在讨论该用多重的羊来祭祀。更搞笑的是，这些家伙还装集装箱装上瘾，不想开车了，叫我下次装集装箱再叫他们。"

因为我被调离石场，于是本来我和发哥两人一起在那守着工人干活变成了发哥一个人守着。有一天，碰到发哥，看到他很憔悴，我问怎么了，发哥说："你知道吗，我那7个工人，他们现在整天一边干活一边在那聊天，你知道世界上最孤独的事是啥吗？我一个人蹲在那看他们干活看他们吹牛哈哈大笑，我啥话也插不进去。"

非洲经常能见到流星，发哥说他在这里看到三次流星了，有一次他在外面看到流星时很兴奋，不知道该用中文还是英语还是啥鬼语言说，于是他就大叫，大家跑出来问咋了，他指着天空继续大叫，结果这个时候流星雨已经没了，你能想象下一个大老汉在安静甜美的夜空下大喊大叫吗？

有一次发哥已经到了土场门口，我本着慰问孤苦老人的心态跑出去陪他，发哥让我的人给带两车料，我没有带传呼机，又不想自己再跑回去，看到身边一个以前一起工作过的工人，我记得他不会说英语，但我也不知道斯瓦希里语怎么完整表达我的意思，于是我就做了一个双手往上一起推东西，脚像轮子一样活动的动作，再用手指比了下"2"，指了指土场又指了指发哥所在的地方，全程8秒无缝连接。然后，那个工人就跑过去叫装载机装了两车土过来，这个时候感觉我快接近三体人了，不用开口说话，一切尽在动作中。这次非常有趣的体验让我感受到了非洲人的聪明。

当年守土场时中午吃饭跑过来找我吹牛的发哥，身体素质是真的很强悍，老是趁着大中午烈日当空又休息的时候拉着我去爬山，谁让我喜欢爬山又难以拒绝发哥呢。

后来发哥辞职了，我还在项目上。我还是有些想念已经离职的发哥，毕竟当年这老朋友看到漫山的野花时，竟然非常浪漫地说："老图，老图，快来我看到了好东西。"想必以后嫁给他的人也会非常幸福哈哈哈，浪漫无限。

发哥已经走了好几个月了，但是当年他喂养的乌龟，仍然会时不时地爬出来透透气气，妥妥一只行走的"陆地巡洋舰"。听说后来这只乌龟下蛋了，但是蛋立马就被非洲人吃了。

10. 实验周强——每天步行四万步的实验人

周强是最近第一个回国休假的人，他不属于我们公司，是从其他公司借调过来的。依然记得，曾经他负责做配合比实验，找土场。海外的土场，是为土方工程提供原材料的，土场之于土方工程，就像鸡肉之于宫保鸡丁。在我们边境项目KN88，连监理方也断言方圆十几公里找不到合格的土场，但周强不信，车能去到的地方找不到，他就自己挨个山头爬，挨个山头看，甚至一个人带着保安去南苏丹边境那边找土场，创造了连续一周每天四万步的记录。记得他走之前那一晚，我问他："走之前有啥感受？"他说："很平静，就那样吧。"他走了之后我看到他的朋友圈发了一个项目所在地的照片，我想，只要是自己青春停留过的地方，不管嘴上怎么说，心里多少会有些不舍吧。

11. 财务亚龙

亚龙有一米八的个子和小孩的心，有时候说起话来还害羞，我逗他玩的时候叫他龙宝宝。他酒量惊人，我很怕和他喝酒，因为每次他都是端着半杯白酒走过来，然后豪迈地说："我干了，你随意。"你说，你是干还是不干？在非洲待久了，和龙兄耍熟了后，每次我都开玩笑说："我们这样保护你，不透露你是谁（因为在海外害怕别人知道财务是谁重点打劫），你还天天跑我床上睡，是不是该向组织审请多发点工资给我？"

有次龙兄又跑我屋里来，突然对我说，"老胡，我觉得你该得疟疾了。"我很郁闷，问："为啥？""这样你就可以放假休息了。"这真是施工人的一个悲伤的故事，因为我已经连续上了几个月每天早6晚8的班，累坏了。

后来我们在营地里自己建立了水塔，需要泵水，这个任务由亚龙负责。每天一到晚上，我们的财务亚龙就拿着个大扳手出去弄开关，不知道的以为他是去外面打劫。去他房间蹭寝，发现这家伙不仅拿的扳手大，连吃的薯片也是特大号。

有天晚上回营地，看到三只黑狗过来，我来了句："这三兄弟可以啊，齐刷刷过来了。"财务亚龙回了句："什么三兄弟，人家是一家三口，这个公的，那个母的。"财务一天是有多无聊，把狗的公母族谱都研究了个遍。

亚龙到了月末负责发工资，因为很多当地人没有银行卡不能转账，所以发的工资是现金。他一个人忙不过来，于是我和他一起把钱装箱子里，不知道的还以为他要回国休假了，其实是装了一箱子钱。更搞笑的是，我和他等了半天想给工人发工资，却没有几个人来领钱，这年头啊，连发钱的活都不好干。

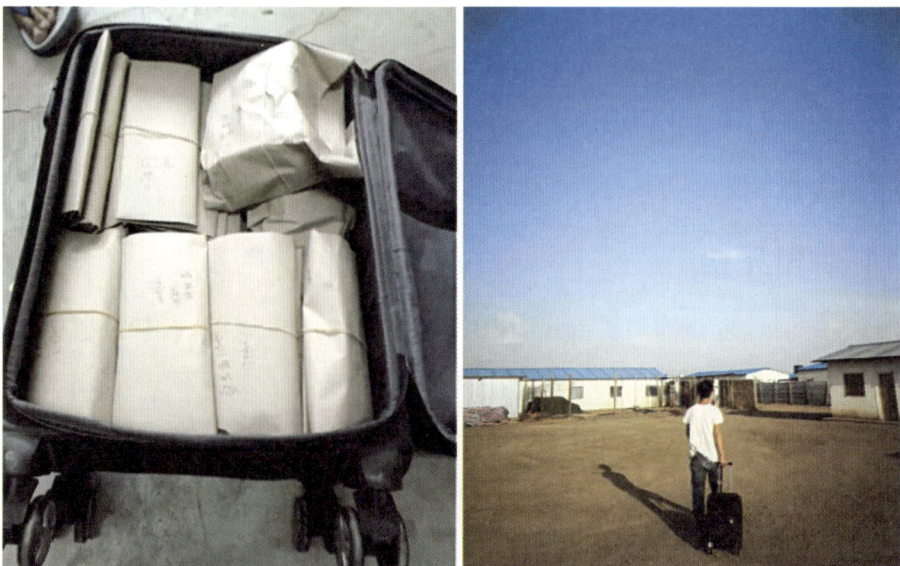

12. 学长刚哥

刚哥是我的学长，也是我很佩服的一个人。在海外待久了你会觉得海外的中国人都特别可爱有趣，刚哥朋友从内罗毕给他寄了零食到洛基乔基奥。零食中途要经过诺德瓦尔（到我们项目之前的中转站），我们单位在诺德瓦尔有项目，然后，友军在那里不小心把零食吃了，老林（也就是一开始和我在一块的老顽童）为此大半夜给我们打了个电话，详细说明了在什么样的情况下，是谁撕开袋子，又是谁最先吃的，还说要给我们写个保证书，保证下次绝对不再犯同样的错误。

13. 室友老 D

老 D 既是我的同事也是我的室友，家里父亲突然身患重病。真的特别突然，那么年轻的人，病魔说来就来，其实这个时候你真的会发现公司还是很有人情味的，几个领导会一起来关心慰问同事。你能感觉到这不是在作秀，是真的关心，这种关心在这样一个快餐时代，一个每个人都扛着自己压力的时代，我觉得是特别难能可贵的。

我至今记得第一次在大雨中实习，全身都淋湿了，那天晚上给我爸打了电话："真的感谢你和妈妈，特别是你，以前我多么不懂事，谢谢你们的包容。"我爸说："等你有孩子就知道父母的不容易了。"

14. 甘肃兄弟

有一次，隔壁项目（离我们200多公里远的项目）的人跑到我们项目借自卸车，我记得当时下午我正在副营地收拾查油，然后看见一个不认识的中国人下车，这把我激动的，半年都没有见过陌生的中国人了，然后上前去握手问好："新同事好！"

结果人家一下子叫出了我的名字，我这才反应过来是出国前，坐一桌吃饭的甘肃兄弟，在非洲岁月不饶人啊。

晚上这大兄弟就睡我屋里，他从包里拿出瓜子和一些零食分给我，这下我更激动了，已经好几个月没吃过瓜子、零食了，更是半年没看到过中国包装的零食了，我说："我感觉你果然是从城里来的，看我们大乡下的，我只有拿瓶牛奶招待你。"大兄弟说："我们从诺德瓦尔去内罗毕（肯尼亚首都），才感觉是乡下进城。"

我默默来了句："内罗毕对你们来说是进城，你们对我们来说是进城，完蛋了，要是回国感觉真的是进城的平方的平方的感觉，不知道这得与国内多脱节了。"

15. 厨子财务

项目上新来了一个财务，莫名有种似曾相识的老友感，我晚上一有空就跑他那去唠嗑。新财务王会计穿越了马拉维、赤道几内亚，终于来到了这肯尼亚与南苏丹的交界处，千里迢迢只为送钱而来也真是很拼了，但是财务啊，啥时候发我四个多月的工资啊？

关于非洲笑话我要再告诉你个好玩的事。我们的横跨三国送钱来的王会计，告诉我说："你不知道，我在其他几个地方搞筹备好累，就三个人，我一个人干财务、商务，还得买菜做饭，到了另外一个国家终于能干本职工作财务了吧，这才一个月又把我派到了最艰苦的地方，那会三个人每个人轮流做大厨一个月，我要走他们那不让走，走了没人做饭。"

我笑得不行，说："公司最后可能真的会培养出一大批优秀的厨师啊，找对象一定要找干过海外的，都被逼的会做饭了。"

16. 龙队长

龙队长是我在副营地的室友和以后的土方队长，世界上最遥远的距离，想必就是我们同睡一间房，晚上我想和你说话，但我还得给你发短信。

因为时间比较晚，白天大家干活累，室友就休息的比较早，整理工作安排的时候发现，有的地方有问题，但是副营地网不好，发QQ可能看不到，又怕明天一早出么蛾子，于是就做了在旁人看起来不可思议的事——我在与你不到3米的距离想和你说话，但是却给你发了短信。

17. 谐音老师傅

这个干海外的老师傅厉害啊，一个项目都熬出来好几个项目领导了，他仍然在那个国家待着，要知道一个项目的周期一般是在2~3年。最厉害的是，这些海外老师傅，自身不会英语，但是这却丝毫不妨碍他们和当地人交流。正当我为此感到震惊的时候，我看到了他们的工卡，才知道他们交流的秘密——Paul是"抱落"，Gili是"鸡丽鸡丽"，不得不佩服老师傅们的可爱和才华。

18. 龙禹

新同事龙禹比我小一届，来之前在公众号后台就和我有过交流，也是一路读着我的文章来到了非洲与我相遇的，特别靠谱的一个伙计，自从一个人承担了路面的任务，连拖拉机都会自己开了，看到他们就像看到曾经的自己。

19. 神宠小黑

项目上来的一条狗，给我们带来了一些欢乐。有一天，看到一群汉子围着一条狗感觉莫名好哭，这是人逗狗还是狗逗人啊，所以我觉得它也算是我们的同事。

就是这条狗，我们的小黑（狗的名字）对我们有语言歧视，用中文叫它它不理，后来我用英语叫它也不理，老前辈们说，这个要用斯瓦希里语叫它才听。

过了不知道多久，以前逗的狗老了，而且有了一堆小狗，而这个项目来了这么一堆人，依然个个单身。

在非洲边境的日子除了周围熟悉的中国人，基本和国内脱节，就像进入了没人管没人问的地区。所以每次到睡觉的点，要是有个不在身边的国内朋友给我们点了赞，我们总是很惊喜的互相分享，仔细一看，却是华为运动定时给我们发信息来着。

驻外的日子确实很单调乏味、寂寞无聊，但是我也遇到这样一群可爱有趣的人，我们倾尽了全力在这样的生活中找到生活本有的欢乐，至少我觉得，在任何的生活中都能让自己努力开心也是一种成长。

主营地和石场的快乐

有次我和长期驻守石场的强哥聊天，他说下一次谁回国休假帮忙带部手机，我默默说了句："前两天高总刚回去休假你不知道吗？"强哥一脸茫然地对我说："这才几天主营地就发生了翻天覆地的变化！"这才几十公里我们就这样脱节，那和国内几万公里相比这脱节得多严重啊，于是我两相视一笑。

因为石场没网络，想上网还得爬个山找到一个准确的位置，于是每个月发话费的时候，石场的强哥就会说："我上个月的还没用完又发话费了。"有次强哥让我给他转流量，转了5M，我问他够用吗，他说够了，发哥来了句，你师傅（强哥）半年能用1G就翻天了。

有段时间我白天在石场工作，晚上回主营地休息，后来调回主营地工作，大概一个月没去石场了。有次周末开完会我特意一起送石场的人过去，石场的大厨见我第一句是："哎哟，回娘家了！"感觉还是特别亲切。我问新来的同事周哥："你们在石场网也没有，电有时候也停，你们怎么娱乐啊？"

周哥来了句："看星星啊，看云啊，看到啥程度你知道不，都能通过今天这个星星这个云判断，明天会不会下雨。"

所以，坚持每周更新公众号发送推文有多不容易，非洲的网啊，想说爱你太难了。

当年我师傅强哥才去开辟石场的时候（晚上睡觉要叫中国人从外面给他把门锁了），住所是下图这样的。后来不久，我们改良了现代化了。当地人就天天说希望我们走了把这个白房子留给他们。

牧羊人

我曾经有次去到了非洲的半沙漠地带，不知道你能不能想象如何在茫茫的沙漠地带找到一座山，山里绿树成荫，林中深处还有一处鳄鱼湖，没错，是真的有鳄鱼的鳄鱼湖。

关于那次徒行，有件令我印象特别深刻的事。进山之前，能够在外面听到唱歌的声音，似乎你能从山外知道这就是一个独立于世外的存在。我问司机："这是什么声音？"司机告诉我说："这是有人在唱歌，有人在用歌声呼唤他们的羊。"

原来，这是牧羊人在向他的羊说："走吧，我们该回家了。"

牧羊，回家。

如果上班的我们是非洲的牧羊人，那每次非洲人晚上下班高高兴兴地说回家的时候，家就是他们的牧羊人，而我们每年休假回家的时候，那两万公里外的人与物，又是我们的牧羊人。

牧羊人是幸福的，他有他的羊，而羊也是幸福的，他有在它走丢的时候找他回家的牧羊人，多么完整而又和谐的一个生态关系。

在学校的时候，我们总是对外面的世界充满了憧憬，总想出去看看，总觉得世界很大，人生有限，人也只活一次，不出去看看实在对不起自己。

我们的青春是躁动的，是不安的，似乎有无穷的力量，总觉得自己能将天捅出一个窟窿，让地为之颤抖，像极了《西游记》里的那个有着不死之心的斗战胜佛，但是我们却总是忘记，斗战胜佛在成为斗战胜佛之前，他也只是只猴子，是只会笑、会跳、会犯错捣乱的猴子。

每一种不要成为某某样子的豪言壮语背后，其实都是一种对自己内心的守护，而那些你觉得很宝贵，想守护住的东西，其实就是你的牧羊人，是那个让你在迷失时找到回家方向的牧羊人。

很多人想走遍世界，但很少有人知道，我们走遍世界，也不过是为了找到一条追寻内心的路。

晚安，愿你能找到属于自己的牧羊人。

非洲徒手可抓鱼

因为周末无聊，又听到他们说有地方可以抓鱼，于是我将信将疑地跟着小白车出发了。

抓鱼的鱼塘很神奇，其实就是路旁高程较低的地方。因为之前雨季汇集了一些水，导致其像个小堤坝，这让我想到了老爹在家修的鱼塘。

在跳下堤坝前，只会觉得这是一处水凼，跳下去一看，真的像是当年中国的北方粮仓。

记得那会儿老师讲课文告诉我们，那个粮仓，只要有水的地方，你用手随便一舀，都能抓到好几条鱼，这是小时候觉得特别神奇的事。

没想来到了非洲，可以亲眼看见这样的场景：鱼儿灵动如精，成群而行，游走优雅而迅速却丝毫不损坏水的清净。

看着这一个个的小精灵，真的觉得在这待着看他们悠闲自在地游走也是一种享受，但最终还是没有忍住让这些小精灵进自己肚

子里"畅游"的欲望，于是开工，捉鱼！

我走的匆忙，只带了一个水桶，所以立马脱了鞋袜，就开始下水捉鱼。当有当地人经过时，还以为他们会找我们麻烦，用当地一些问候语叽里呱啦一阵，结果没想到当地人也加入了我们捉鱼的队伍，帮忙赶鱼。

可惜啊，手抓得特别慢，一次一两条，我们都在想要不要回去拿网子，甚至开始一口气喝完一瓶矿泉水只为了多个容器，后来发哥定睛一看，我的帽子取下来好像可以当网，于是——

当地盛行戴绿色帽子，自从告诉了司机绿帽子在中国的含义后，司机立马换成了天天戴红帽子

这网子收益还不错。

我们一个小时抓了30多条就停了，因为还是要留至少一半让它们继续繁衍。我担心鱼跳出，就用帽子封住口，真的别说这鱼一跳差不多有半米高。

此次徒手抓鱼体验感不错，下一步看能不能近距离拍动物大迁徙，先立个flag吧，请各位读者静候。

老大难 —— 给非洲人发工资

每次跟当地工人算他们工资单记工的时候，真的就像是一场战役，加班时间短至一小时长至一天。因为他会想方设法地让自己看起来多了一些加班时间，最后你和他讨论完小学数学以后，扯了一上午时间工卡，真的是：你想要他的钱，他想要你的命。

只有一个小时一个小时地给他们列出来算，他们才会知道算的是正确的。

在非洲待久了真的对金钱都没有感觉了，每次发工资，都是扛着个包，一堆钱数着发给工人。虽然确实钱多，当真的习惯了数额以后，才能体会到什么叫钱就是纸。

干海外工程，真的会对钱产生不一样的感觉，不是你多有钱，而是你真的见过了太多的钱，对于扛着一袋钱发工人工资这件事，以及朋友圈里不知道哪个地方的同事因为涨水把钱给淹了，然后晒钱（晾干钱）的行为，已经由最开始的惊讶到现在的见怪不怪了。

每次发工资就像打仗，要跟一群工人讲解数学的加减乘除，估计和父母辅导孩子功课的感觉有点类似，甚至更惨，因为那个好歹是自己的孩子。有个前辈说有次他带过几十号人，发了几百万，光数钱都数了3个小时。

最无奈的莫过于借钱给工人，我记得有次借给了工人2000肯尼亚先令（简称：肯先令），他的工资应该是11200肯先令，扣除借款我直接给了他9200肯先令，戏剧的一幕上演了，他很气愤地问我为什么只给他这点，我说你借了我2000肯先令。他说对啊，那也不是这么多，我说减去2000肯先令就是9200肯先令，说了半天他不理解（他们数学真的很差！）。

最后硬生生地变成了我先给他11200肯先令，他再找给我2000肯先令，他才高高兴兴地说这样就没问题了（按当时的汇率1000肯先令相当于100元人民币）。

如果问驻外人，特别驻非洲的人，最怕的是什么，很多人会说是疟疾，但是我们其实还有更怕的，哪怕我们处在危险的南苏丹边境，我们更怕的永远是——和工人算工资。

你永远不知道你会遇到什么样的工人，又要重新带你回顾一下小学老师怎么教你学数学的，关键是人家的年龄还比你大，你永远不会忘记如何去教会一群"大宝宝们"学数学的忧伤记忆。

我不得不教会"大宝宝们"算术，不然又可能会重回当年1号车司机开着车一直跟着我扯工资的问题。

我最难忘的就是那个1号水车司机，自从以前他开着水车追着我的皮卡跑以后，我已经教了他两次怎么算加减乘除了，结果后来他又说他的工卡算的有问题。工卡都是财务用EXCEL公式计算的，算错的可能性很小，所以我问："你已经第二次有问题了，别人都没问题，你确定你没算错？"结果他来了句："Boss，上次算错了我就回去学习了，不会错。"看着他自信的样子，我把工卡拿到财务那里，结果自然是他自己尴尬地跑到窗外去慢慢重新计算，旁边还有个好心的司机给他讲解，真是不容易啊。

我和非洲机械操作手们

1. Abdi

他是我认识的第一个非洲司机，我在诺德瓦尔下了飞机之后，就是他开车带我到了边境项目。

Abdi是南苏丹人，认识他的时候听说他有两个老婆，一个在南苏丹，另一个在美国。后来才知道他为啥会来洛基乔基奥，当时有个老头开着飞机满世界跑，在南苏丹被迫降落维修，一直问Abdi洛基乔基奥在哪，那个时候的Abdi还不知道这个地方，后来飞机没修好，他们两个一老一少就一路走到洛基乔基奥来了，然后Abdi就常在南苏丹和洛基乔基奥跑，成了老司机。

有一次，我们的司机没有来，只有一个非洲司机Abdi，还有一个中国人开车。因为中途我们换了车，本来开皮卡的司机Abdi来帮我们开车，不然容易被当地警察扣车讹诈。

结果Abdi也很有意思，他来到了我们的车上，却忘了把皮卡的钥匙交给皮卡车司机，幸亏皮卡是可以远程启动打火的车，但是这样一来两辆车就不能隔的太远，像极了连了热点的两个手机。防止皮卡熄火后没有钥匙启动（主要是懒得下去给他们钥匙），两个车必须紧紧靠近。

2. 自卸车司机 Onesmus

以前有个自卸车司机，叫Onesmus，这个司机干活还比较随和，有一次他找我借钱，我问他干嘛借钱，他说没发工资天天只能吃豆子，吃了一周豆子都没有力气开车了，想借点钱去买肉吃，隔了两天，他又来借钱了。

后面有个更搞笑的事情，有一天我在主营地遇到他，当天我干完主营地的工作要回石场（主营地和石场大约隔了几十公里），去石场的公路是双车道，只有一来一往的车辆，离开主营地之前还和他说了再见，结果我到了石场发现，他竟然出现在我面前。

我纳闷了，我说："你在变魔术还是我在做梦，刚刚你不是在主营地吗？"他很认真地回答，说他刚刚没有在主营地，我怀疑我的记忆力是不是已经下降到了老年痴呆的程度，他说今天他的双胞胎兄弟在主营地面试，我真的感觉像在变魔术。

这个司机有一个梦想：攒钱，可以娶个中国媳妇。

3. 装载机操作手大卫

大卫是新来的装载机操作手，是我遇到的比较靠谱的非洲人。他才来的时候我还想"压榨"他一些工资以降低生产成本，后来越接触越发现，

他确实是有技术的。我们一起聊天的时候，他特别的活跃，手舞足蹈的样子让我笑了很久。

有次无意间抓拍到了他的照片，后来因为这个我嘲笑了他好久。他时不时地会和我说起他以前的中国boss，说我和他以前的那个boss特别像，可惜后来他那个中国

boss和发哥一样都辞职了。

有次我和他聊天，我问："为啥你们这条路这么好还要重新修建？"他指了指我旁边的信号塔，说："以前我们这里没有信号塔，不管男人还是女人打电话都得爬树，爬到树上高的地方才有信号，你能想象女人穿短裤爬树，以及一群人在树下挨个等着爬上去，然后才能打电话的场景吗？后来政府为了拉选票照顾这个区域，修了这个信号塔，这条路，也是一样的道理。"不得不说，他形象生动的描述，让我弄清了为何我要来这里升级道路。

没事的时候我和他讨论在非洲做一些小生意，大卫来自一个在肯尼亚挺不错的地方，他给我说他所在的这个地方不好，有很多问题，太多人有枪。他说："我有次在另外一个和这个地方有点像的地方，我和我的前一个中国老板一起去买面包，超市的售货员是一个女的，背着一把枪，我告诉她我要买面包，她递给了我一张洗手帕，问我要4000肯先令，我说没问题，因为如果我说有问题，她背上的枪就会对我有问题。"（说白了就是打劫。）

我回了句："那我真该感谢这些让我们赊账几百万的商店。"

有次让他和推土机操作手中午回去休息，并且下午不用来工作了，因为下午只有一个器械能工作。但是因为土场离镇上很远，所以大卫他们问："我们怎么回去？"我说："你们可以去路边搭车啊，像我上次搭车一样。"结果他们来了句："Boss，你只用去笑一笑，你就可以搭车，但是我们不行。"这下我纳闷了，我说："我只要笑一笑，就可以搭车，为啥？"他们说："因为你是外国人，他们当地人比较尊敬外国人，而我们，他们可能怀疑我们兜里有枪会干坏事。"这下我有点哭笑不得，原来我这个在异国他乡的外国人还是有点被优待的。

我记得他临走之前，我给他说了挺多废话，他回了我一句："But Abel（我名字），it's life."

是啊，我们都在为了生活不停地奔走，后来就又成了我这个半吊子自已开装载机。他说他要辞职后的某一天，我突然收到一条短信："Thanks for good stay with you, I have started my jouney backhome. I will miss you very much. Enjoy staying with you in Kenya."

希望他能实现他想开个卖手电筒商店的梦想吧！

4. 推土机老头子

这是个老人家，好像是乌干达人。有两天一直在连续下雨，一下雨就没办法工作，没工作就没钱。有一天下午，我告诉我的操作手们："如果明天早上又是下大雨，你们别等我通知直接不用来上班了。"谁知，这个有点老又有点胖的推土机操作手，突然在推土机上把帽子一脱，然后边跳边对着天说："乌云走开，乌云走开，乌云统统走开！"

原来非洲人可爱起来，连老人也卖萌啊！

做路床前准备的时候，我觉得我们不是在修路，而是在不停地种植路，一颗颗路的种子被这位老师傅种下去，用推土机勾松、推平，简直成了个地道的务农人。

有次推土机坏了，我看时间比较早，一时半会修不好也不能工作，我对他说："今天工作就到这吧，你可以休息了。今天没有加班时间。"

谁知道这个胖胖的老家伙来了句："还有工作没做完啊，你看，虽然机械不能工作，但是我可以帮忙压这个，让我工作，给我加班时间吧。"（非洲加班有1.5倍的工资。）

这个曾经挥着帽子想搞走下雨的乌云的推土机操作手，想用他的体重充当压力机的功能，表示他在工作着。我想他这么卖力地想要工作一定是背后有那么一个家庭需要负担吧。从这个意义上来讲，全世界男人的压力是相似的。

5.5 号水车司机

工地上新来了一个5号水车司机。有次我和名字为"肯"的当地朋友聊天（也就是我后面写的机械师朋友），慢慢围过来听聊天的非洲人越来越多。

我一一问了他们的名字，当问到5号水车司机叫什么时，他说："No.5"，还做了个立正敬礼的动作，我有点懵，我又问了遍他的名字，结果得到的是同样的回复。

我想了想，说："我知道你是5号车司机，但是我在镇上遇到你不可能大叫No.5吧？"他笑了笑，摸摸头，终于说出了他的真名叫Erustus。当时在场的非洲人都没觉得他的前两次回答有什么问题，这是最让我感到奇怪的。

他喜欢把车停在一棵小树下，我一直笑他说这样没用。有次我和他准备开车去另外一个地方时，他下车检查车底，我以为他是在看车零件是否有问题，不料他郁闷地说了句："这些当地工人有时候在车底下睡觉（因为凉快），我们如果直接开走，一不小心人就没了，我得先确定车下没人。"

那个瞬间我突然觉得是我的司机非常聪明机智，但心里也在嘀咕，想象着他以前开走车，结果车底有人差点见了上帝，然后两个人因此在那吵吵闹闹的样子。

最开始那会儿，我得到了一只手表，本打算卖给当地人，但想想之前国内公交车坠毁事件，看了看新的5号司机Erustus，我对他说："我的身家性命以后靠你了啊，这个手表送你当见面礼。"从此这个司机把我当亲人一般，带我穿越了不少之前我不知道的地方，包括有着特别不错的饮料的秘密储藏室。

某天他悄悄地告诉我："Boss, I want to give you a surprise."

这个惊喜礼物就是前文提到的名字手链。

当时我开心得没说出话来，因为这个礼物比较特别，那会儿我才来非洲没多久，收到一个如此用心的礼物，感到非常温暖。

来了非洲他是第一个送我礼物的人，还特别根据肤色量身定制了颜色，现在我还记得第一次收到他礼物时的惊喜，从此没有人叫错我的名字了。

有次我和监理一起坐水车，司机Erustus掉头的时候，他那一侧的车门突然打开了，着实把我和监理吓了一跳。

监理说："如果他甩出去了，我们都要跟着一起死。"我说："是啊，我们一车人就得上天了，可以一直睡觉不用那么辛苦了。"

四十多岁的监理Osborn笑得合不拢嘴，他说："但是Abel，你还没老婆，还没有孩子。"

我一想，好像确实有点亏，对司机说："Erustus，我可是很信任你才坐你的车的，我还没老婆孩子，要是死了太亏了，你一定要好好开。"

全车人笑个不停，有的家伙起哄让我在肯尼亚找一个，下个月就可以有孩子。

有次5号水车的后胎卡进了大石头，撬不出来，也没工具换胎，只能拿着锤子在那慢慢凿，凿了大半天也没有凿碎，于是只好慢慢悠悠地开车，Erustus来了句："Boss，你还有一个月就要离开了，正好这样慢慢开，我们可以享受当下时光。"

我说："是啊，雨季也快来了。"

然后Erustus来了句："我们很享受这个时光，还有我们后面轮胎卡着的那块石头，它也在不停地跟着轮胎滚着，也很享受。"

我当时就乐了，说："这石头要成精了。"

Erustus说："这个石头我凿了那么久都没把它凿坏，待会你修好了轮胎一定记得把这个石头留给我，我要用它来做饭，放在灶台下面当工具。"

有次晚上加班，我和老朋友Erustus安排好工人加班后，一起坐在车上，因为要吃饭，我打开灯，突然发现车里像个小型的KTV会所。

吃完饭，我听到有"嗒嗒嗒"的声音，我望了一眼Erustus，问："枪声？南苏丹？"他顿了下，关小了音乐，俯下身子听了下说："不是，是火在烧石头的声音。"我逗他说："那肯定是石头在笑。"他回了句："不是，石头在哭。"

当地地处南苏丹和肯尼亚的交界之处，两地经常因为互相抢羊而爆发冲突，并且多有死伤。当地人看到南苏丹抢羊的，连当地妇女都会用石头砸死抢羊的南苏丹人，但是仍然有南苏丹人来往，所以当时为啥他会用"cry"（哭泣）这个词，可能他们也觉得这样的状态很哀伤吧！

有次我和他一起去给工人拉干净水，他带我进了一个屠宰场，我没想到在落后的非洲，也有这种现代化的屠宰场——牛羊活着排队进入，变成标准的牛肉羊肉成块出来。后来了解到，这是欧盟在这边曾经的资产。

而且屠宰场装修的像个别墅房，上部有风能、太阳能交互发电，一台发电机便带动了整个屠宰场，真的很敬佩科技的力量！

后来我借了笔钱给他开我们的酒吧，在当地4000人民币就可以开一家酒吧。因为中方员工只有我们每天在那个标段的几个人，需要告诉项目部，以便于安排人做好饭送到我们所在的地方。有一次，我漏报了自己的午饭，刚好那天临时加了一个人，所以就没有午饭吃。

关键问题来了，我和水车司机Erustus最近都破产了，他的工资上次去省城置办电器时全花掉了（买我们俩开店用的电器），我的现金一小半给了他投资，另一小半还等着还镇上赊的一屁股债（零食、话费）。

关键是之前我们赊账的商店不让我赊账了，最近没钱还了，一分也没有，然后我拉着工头厚着脸皮跑到了另外一家没有赊过帐的地方赊了可乐和饼干，算是吃个午饭，生活越发艰难啊！

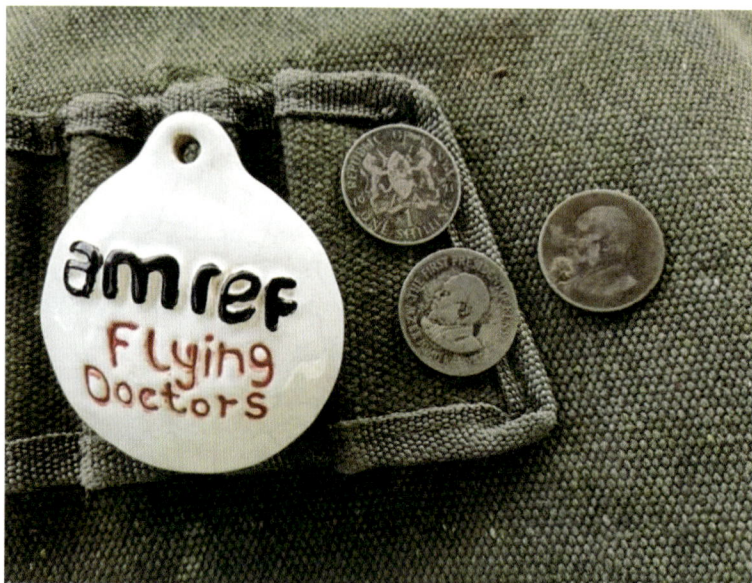

翻箱倒柜最后给我的纪念品——还有一些硬币和纪念物

某天，Erustus告诉我说："Boss，雨季要来了，你看天上的云。"

我看了看说："是啊，雨季来了，我终于能休假了。"然后他就开始去翻他的书包，我问他干什么，他说："这是我在南苏丹工作带的书包，给你一些值得纪念的东西让你能回忆。"

我想了下说："我有很多回忆了，记得还我钱，一定记得还我钱。"

说实话，虽然这人还有11个月都需要按期还我钱，并且还拖着，但和他相处还是挺开心的，这也算是一场收获吧！

6. 1号司机

自从成为土场守护者以后，我在里程k195+000左右，发哥在k194+000左右，我没事就爱走过去参观学习做路床。有次我回来后，让1号车司机去发哥那找另外一个司机来签工卡，他说太远了，我说不远，我刚刚才走了回来没多久。然后他觉得走路太麻烦，掏出手机就给那个司机打了个电话。

有次我躺在车上休息，1号司机坐在驾驶座上。突然他将整个身体朝我鞋子的方向倾斜，我不知道他要干什么，结果他迅速从我鞋子底下拔出了一根刺。讲真，我心里还是挺感动的。

7. 有良心的操作手

有次我的一个操作手，悄悄把我拉到一边给我说："Boss，我给你说个事。"我问："咋了？""你千万不要告诉别人，我们最近又要准备一次大的罢工，就在周二。"我心里五味杂陈，讲真的，这种被迫罢工的情况的确很无奈。最让我无奈的是，平时并不团结的当地人和外地人，在罢工这件事上总是团结一致，组织得有条有理。至今记得上次罢工堵门，有个人还专门负责吹口哨，其他人统一协作，但是他们往往忘了罢工他们就不能上班，不能上班就没有工资，可悲可叹。

8. 好多 Abdi 和 Joseph

有时候查到有的车油耗不正常，可能是某个司机偷了油，但是当你查找用车司机的签名时，完全认不出来这写的是什么字母，果然签名都很个性。问了别的非洲人才知道这个签名的家伙叫Abdi，那么问题来了，营地里叫Abdi的司机有3个，你猜是哪一个？还得一个个去排查（长期性遇到一群人，名为Joseph，想找Joseph，结果你叫一声一群人回头）。

9. 灵魂舞者 Ambrose

这是我最喜欢的一个自卸车司机,英语很好,人长得也很帅,很爱干净,还非常会跳舞,他的名字叫 Ambrose。

Ambrose 以前在南苏丹待过,当过兵,我建议他去买把枪,因为当保安事情不多,工资却比司机高,谁知道他竟然一脸嫌弃地说再也不想摸枪了,就喜欢开车。他告诉我说有朋友在南苏丹有钻石,可以帮我联系弄点过来。

结果南苏丹那边已经不能用网络通信了,联络方式只有书信,他想卖给我的钻石拖了小半年。最后我自己动手,丰衣足食,不停地收集一些我觉得还挺有意思的石头,指不定哪个石头里面就有钻石不是?

Ambrose 有时候特别可爱,有一次中午临时要去一个地方,"抓"一个司机就走,我"抓"到了他,结果发现他正在车上吃饭。我说:"等你吃完我们赶紧去那边。"过了一会,我见他还没吃完,我说:"稍微吃快点。"然后,他朝我不停地抹喉咙——他被饭噎住了,我突然觉得真对不起他。

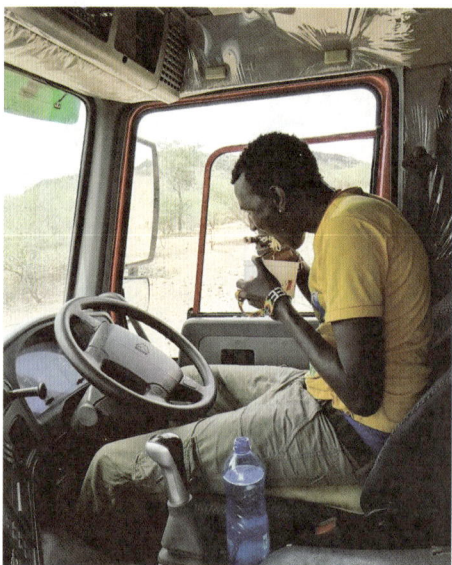

和司机 Ambrose 一起拉土的时候,有的路比较陡,车里开着音乐,车身却晃来晃去,司机 Ambrose 对我来了句:"Boss,我在用车教你跳舞。"然后他自个开始自顾自地随着音乐开始律动,非洲人真的是天生的舞者。

有时候晚上我们回去的人太多,就有人坐在自卸车的后面,非洲人给坐在车后面的人一个称呼——material(中文材料的意思，因为我们的自卸车后面一般装土料，就是material，有种莫名的趣味喜感）。

Ambrose经常从路边上将车45°斜开上去，我有次就狠狠地说他："这样很危险，你想谋杀你的boss吗？"

然后这人卖萌耍帅的来了句："Boss，我不会谋杀你的，我这个位置比你危险，如果要去天堂我肯定比你先，而且如果我们这遭遇了灾难，人们打架的话，他们也只会打我，杀死我，不会杀你，因为你从遥远的地方来，你比较贵，你应该在你的家乡死去。"这一茬茬的说辞真的是令我愣了半天。

有次我借了Ambrose的音乐拿去拷贝，因为那个音乐确实不错，他让我给他拷一些中国的歌，我随机挑了些，结果从此以后车里每天都有久违的中文歌曲。

Ambrose说他觉得中文歌太棒了，每次放着中文歌的车开过一片地方，那些当地的小孩就一个个特别开心地挥手。后来，我们去副营地查油的时候，车停在路边，车里放着中文歌，结果一群小孩坐在路边听我们放的歌，那个感觉简直不要太开心了。

Ambrose竟然也喜欢陈鸿宇，听着他的《理想三旬》，他说这个歌我虽然不知道是啥意思，但我觉得应该配两瓶啤酒，太棒了！

有一次晚上收班的时候，一群非洲人坐在车上，Ambrose很兴奋地跟他们说他有中文歌，很好听，要放给车上的人听，结果有个工人来了句："Boss，你回中国以后，我们听到这些歌就能想起你。"

我听着其实有点感动，毕竟谁不想被更多人记得，更别说被一群在遥远的非洲大陆的人记得。我说："这就是为什么我拷了你们的歌，特别是Ambrose很喜欢就着那个音乐一起跳舞的那首歌，我也想能记起你们。"

原来，音乐真的无国界，虽然可能因为语言的原因不懂歌词的意思，但可以感受旋律中蕴藏的深意。

有次Ambrose问我："Boss，你确定我们这条路4年能修完吗？我感觉需要7年。"（因为那段时间一直下雨，工作很难开展，进度比较慢。）我回了他句："不要担心，也许现在很慢，但你要相信中国速度。"听完这个司机就又跑到车下睡觉去了。

我特别喜欢和他待在一块，每次我开的玩笑他能懂，他也特别喜欢和我开玩笑。有件特别有意思的事，我经常坐的自卸车，有段时间特别奇怪，不是进来一只五彩鸟，就是进来一只花蝴蝶或者白蝴蝶，让我感觉自己一天好像在乘坐一个移动着的动物园。

Ambrose每次见到我，就是："哎呀呀呀，My boss！"然后我就回复他："哎呀呀——My boy！""靠脸吃饭"还是有一定道理的，至少每次我看着他就会开心点。

因为在沿路工作，我们表明自己的位置时一般说："我在K195。"搞笑的事就来了：我让一个司机去我师傅强哥的位置（K191），4号司机在K190，K191和K190相距一公里，然而这司机开了半个小时还没到，我就纳闷了，我打电话气愤地问："你去哪了？赶紧去K191。"

4号司机一直不停地问："Where？Where？"

我以为这家伙又偷懒去了，连吼带骂地说："K191，K191。你再晚点你今天加班时间就没了！"Ambrose听见我俩的对话，拿过电话去给4号司机说了一堆斯瓦希里语，不久4号司机灰溜溜地过来。

2号Ambrose司机对我说，以前有个boss也跟他们说去K200，然后那个司机以为要开200公里，就盯着里程表不停地开啊开，一直开了两百公里停下，从洛基乔基奥差点开到了诺德瓦尔，其实那个司机的位置在K190，只需10公里就到K200，这可能是海外工程人才懂的笑话了吧。

在非洲的日子里司机Ambrose给我带来的欢乐没有三个月也有至少两个月，他还帮忙一起录斯瓦希里语的课程读音，给我介绍他住的铁皮瓦房，讲述他在南苏丹的可怕经历。

我经常开玩笑地说他是女士终结者，可是最后发现如此帅气的小伙子竟然只有一个老婆并且他老婆的外貌并不出众，但确实有过人之处（非洲大多数人有3个以上老婆）。这在非洲也算是一个特别神奇的存在，因为他常说的"哎呀呀呀"搞得我也改不掉这个口头禅，慢慢熟了互相信任以后很多事交给他帮忙办，估计这辈子是很难忘记这个家伙了。

确实，哪怕回国后好几年，我有时候做梦竟然也梦见了他，虽然那个地方不那么美好，但是有的人真的让我难以忘记。

10. 4号司机

4号司机Nelson是跟着我们公司干了三年的老伙计，他嘴里时不时地会蹦出"加油"等中文，让人哭笑不得。当然，他特别善于创造一些新词汇，比如"夹酷boss"就是厨师，因为"夹酷"是斯瓦希里语"吃饭"的发音，每次看到这个胖胖的司机，我总不忘调侃他几句"too much 夹酷"，然后他就不老实地笑笑。

我说："你该减肥了伙计。"他说："我不胖，我儿子和我一样的体格。"我说："你儿子要是不像你的体格那问题就大了。"

然后就是两个人相视哈哈大笑，4号司机有点喜欢耍一些滑头，但是在我借了他1000先令让他儿子上学以后，他开始在工作的时候动脑子，知道看哪里是里程，重车检测以后也会主动询问现场是否还要土，不至于开回去浪费油。

11. 蒙巴萨十年的年轻操作手

Joseph是装载机操作手大卫辞职后我们新招的操作手。

从城里来的操作手就是不一样，Joseph竟然还会一些中文，某一天他跟我说他用微信，问要不要加个微信？这让我想起在我们学校留学的一个肯尼亚人，加了他的微信后我给他发了一堆英文，结果他用一段流利的中文回应了我。

有次一辆装着推土机的车从省城往我们的小村庄开，他发微信问我："是不是我们的推土机？"我说："我不确定。"

过了一会，他得意洋洋地告诉我："我很确定就是我们的推土机，我在港口的朋友告诉我了。"

我有点吃惊，说："不如咱俩打个赌，是我们的推土机我给你1000先令，不是的话你给我1000。仅仅为了找点乐子。"

他说："算了，太多，赌一瓶可乐吧。"

最后发现是我们自己的推土机，他是真的想死的心都有了。

12. 经历丰富的 13 号司机

看过《卡萨布兰卡》的可能都会对那个边境的旅馆念念不忘，尤其是那个弹钢琴的非洲人。其实有时候想想，这里也是边境，这里也有不少旅馆，来往肯尼亚和南苏丹两地的商人贩子，在这里为了讨生活而进行着各

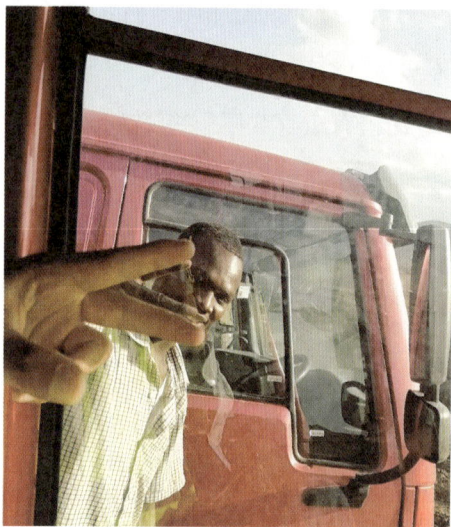

种交易。我的司机之一以前就是买卖枪支的，后来因为被人骗了，所以他现在开车还债。

你还是会发现有这样经历的司机和其他司机的不一样，姑且叫他13号司机吧，13号高高瘦瘦，喜欢戴着一顶白色草帽，一头的卷发，你能很放心地把一些事交给他办，而且他还有个受到所有和他一起工作的中国人好评的习惯——在

第一次一起合作的时候他会给每个一起工作的中国boss带饮料喝，他的这个特质让我们很喜欢他。

我有次和13号司机一起，拉着土料到工作面准备倒料，他一直在那说："要换轮胎，这车料一完就换。"

结果，车刚开下斜坡，我就听到一声比枪声还大的巨响，"嘣"的一声，我旁边的镜子碎了。

我呆呆地看了一会，也许是见惯了大风大浪，就笑着对他说："你想谋杀我么，我没有扣你工资啊。"

13. 调皮操作手

这个极为调皮的非洲人，老喜欢和我开玩笑，不过这一瞬间还真是无缝衔接。

有次守土场的时候，因为前场不需要供料，18:30我便和司机们一起早早下班了，我们一群人说先走着，因为联系了Ambrose让他十分钟后开车过来接我们，我们就慢慢锻炼身体。

结果我们走了半个小时Ambrose还没来——他被其他boss拉去干活了，关键在他的概念里，我们走半个小时不算远，他说马上到。我们这一天本来就很劳累，又走了半个小时，最后是每个人轮番给他打"夺命"连环电话，才把他召唤过来。

虽然那天走得很惨，但是说实话，偶然遇到的一些景色特别美，尤其是工人们熟悉我后知道我喜欢拍照记录，看到这些景色他们会比我还激动地叫我"快拍快拍"。

14. 反射弧很长的1号水车司机

有一段时间，队长和我师傅强哥都回国休假了，本来是闲杂人等的我，莫名其妙成了代理队长，这下好了，老图突击队，还真当过队长了。让我没想到的是，最先给我祝贺的，是一个连我都不记得的司机（因为一开始看着非洲人真的分不清他们谁是谁，他们看身材差不多的中国人也分不清），也就是这个1号车司机。

他从我在国内时就追着说要买手机，结果现在我手机带来了还没有见到钱，现在我是不给全款不给货了，毕竟，非洲让我长了太多教训。

某天下午5:00，本来是叫一个水车去帮混凝土提供一会水，我给他说一个小时就好了，结果哪知道那天混凝土一直打了个通宵，那个司机就惨兮兮地对我说："怎么这么多混凝土，太多了太多了，我被你骗到这里回不了家了。"

平时跟他聊天时他的态度也不错，可是到月底清算工卡的时候发生了一些矛盾。他是从另外一个项目转给我的，我刚接手不久，因为他一周之前的工卡负责的中国领工人没有划（并且已经回国休假），所以圣诞节大家都放假那几天我也没有给他划，那个司机一直说他那几天在这上班，我表示我要和回国休假的boss核实一下。

因为当时我才接手新工作，很多事情需要理顺，所以这件事一直拖到快发工资的时候，他发现他的工卡还是那几天没有签。在此之前有中国人告诉我他有偷油前科，因此我坚决没有给他划那三天圣诞节放假的工卡。

结果他最后签工卡那天，直接把水车停在我的皮卡车前面，说："我现在不干活了，我就跟着你直到这个工卡确定。"

我说："那行，你想做啥你就做吧，我也不会签，直到中国人告诉我你那几天是否干活。"（中国同事回国休假基本都屏蔽工作情况，因为一年没休息，所以也联系不上。）

我就看着一辆满载水的水车，黑烟直冒地在我面前晃，再掉头跟在我的小车后，皮卡车司机Sam笑着说："这个人会kill你的。"

我说："没事，他这样kill也是kill我们一车人，还有你。"其实当时我有一点心虚，毕竟我能感觉得到那个司机的愤怒，怕他做出过激的行为。但是我们还是一路开，那个司机一路跟着我们，结果他的车爆胎了，我告诉Sam："现在如果我们开很快的话，他想要追，估计他会在kill我们前先kill他自己。"

然后我俩就哈哈地笑了，后面我们没有看到那个冒着黑烟的一号水车了，等局势稳定了些后，我对Sam说："虽然每次我让你系好安全带，我也怕死，惜命，但有的时候，你必须无所畏惧。"

然而更尴尬的是，最后经过中方人员证实，那个司机确实在其他人没有上班的情况下上了三天班，我很尴尬冤枉了人家。

和一号水车司机扯清责任以后，他估计还在气头上，好几天我们都没说话，直到他拿到工资跑过来找我要手机，我和他一手交钱一手交货，他非常开心，但是又不懂这个看来很高科技的手机怎么用。当我教会他后，他这一天玩新手机玩得不亦乐乎，天天没事一口一个brother或者没事给我发发短信。

知乎上有一个提问"什么时候你感觉中国强大了"，我想，是来到非洲以后，发现身边的这些操作手好几个都在学习中文吧！

油罐车司机 Morris

因为我们在主营地和副营地都是自己给我们的机械加油，所以我们就需要自己建设个小型加油站，于是就有了这位趣味人物——油罐车司机 Morris。他长得不高，但是额头非常前凸，眼珠子很大，一看就是非常聪明的样子。

他是从肯尼亚首都来的，他才来到主营地那会，是我一个人负责主营地的所有基础建设。他天天缠着我想装油罐，天天见谁都 "Hello，my friend"，一开始觉得他挺敬业，很有耐心，不过项目上还有各种其他的事，每个人自己的事都忙不过来，所以就没急着装油罐。

结果他每天上午催我一次装油罐，下午催我一次装油罐，我每次看到他都想掉头跑。老天爷啊谁知道晚上我出去散步，还能碰到他让我装油罐，这样 "折磨" 了我一周后，他终于如愿装了油罐。

他是从首都来的，但是我万万没想到他是这么来的：他开着一辆换档都在方向盘上，有时候打完火还得人推一推才能上路的破车，硬生生从内罗毕开到了诺德瓦尔。如果你不知道这两地之间的距离，那我告诉你，我们需要先坐飞机，再开 4 个小时的越野车才能从项目上到内罗毕，全程是900公里，这小破车的质量是真的好！

油罐司机Morris刚来的时候，我和王哥一起向他致以问候："Hello, friend."（王哥40多岁，不会英语，来了后不久，每天晚上自己在房间读英语单词学习英语。）结果他屁颠屁颠地跑过来，说了一大堆，还对我们两个以示区分地说："You are big friend and you are small friend."搞得我哭笑不得，我问为什么我是big friend，他说他让王哥教他开挖掘机王哥拒绝了，所以王哥是small friend。

装好第一个油罐后，油罐司机Morris过了一周又回来了。说好的两天回来搞油罐，结果他一周以后才回来。那个时候刚好是肯尼亚第二次总统大选（第一次才选完后，说不算要重来），我问他内罗毕乱不乱？他说很乱，他们在fighting，所以他回到这里来了。

我心里默默笑了，小伙子你还太嫩，这里离南苏丹很近，不久前一公里远处才发生过枪击，到底是内罗毕太乱了还是你太嫩了。当地人罢工一周后，我发工资的时候遇到他，我问他怎么看起来这么不开心，他说这些人要打他，不让他在我们这干活，他干完就要马上回内罗毕，"This people is not good"。

想想他也是不容易，从内罗毕跑过来避难，结果没有避难多久又得从这跑回去，人间何处不是地狱。

一个月后，油罐车司机Morris又来了，他一来，我似乎就有了自己的车，不管我去哪他都特别愿意载我去，一句"I don't go there but if you go I will go with you because you are my friend"（我不去那但是如果你要去我和你一起去因为你是我的朋友），让我感觉非洲还是有真爱的啊。

有一次我们开着小破车出去，走到一半车停了，他一脸无辜地望着我，"No fuel."老天爷啊，竟然没油了，于是我们两个人在荒无人烟的公路旁边，等待着路过的好心人。最后没有等来人，我们就推着他那辆小破车慢悠悠地走。

油罐工Morris又来了，他真的是个趋势风向标。第一次来总统大选，第二次来内罗毕打架，第三次来我们项目当地工人驱赶非洲外地人（驱赶非图尔卡纳周边的非洲人）。这下好了，他第四次来，我们工人罢工了8天了。他一来就给我打电话，可惜那个时候我去厨房给大厨帮厨，出来看到电话回过去，他说："Friend，我在你们门口！"我走出去看到那家伙坐在一堆废木头上，他看到我说："我给你打电话你没接，打了四次，现在你不是friend了。"

我一脸懵，这也太奇幻了吧，我说："刚刚去厨房没带手机，帮忙去了。"然后他来了句："哈哈哈哈，我跟你开玩笑的，我们下午出去共享美食吧。"一听到又可以蹭饭，眼光冒绿的我看着他："你的车在哪，我们又可以去兜风。"（我还记得当年项目车用不过来的时候，他开着他的小破车成为了我的专职司机，那可真的是贵宾待遇。）

推动着巨大油罐下坑，讲真我当时怂了，怕危险远远地站在他对面

这时Morris望了望我们营地里才来的新车，看着他比我还绿的眼神，我说："你别打这些车的主意，都是我boss的，不能开。"然后他就像一个蔫了的皮球，说："我的车半路已经散架了。"想起那辆曾经陪着我们一路去酒店的小破车，不由得有些同情这个可怜的家伙。

后面很久都不曾见他，我有时候有点怀念这个曾经早中晚都问我要油罐的油罐车司机Morris，怀念他那不甚高大的身躯推动着直径3米长10米的油罐在我对面走，怀念他开着他的小破车带我兜风。有时候被一堆当地人强行蹭车，他见谁都是一句"my friend"。听见钱眼珠子就轱辘转，配上那前凸的额头，我有时候感觉，这家伙就是非洲聪明人的大致模样了。

我记得他还有一点在非洲显得很稀罕，每天中午很热的时候他就躲在小破车里悄悄给他老婆打电话，我开玩笑逗他："你是不是有很多老婆，每天中午都打电话？"

他说："不不不，我只有一个老婆，我挣的钱都是她的。"

在非洲人均几个老婆的情况下，我妥妥吃了个"狗粮"。

我的队长司机 Sam

当了代理队长后，我就有了一辆皮卡和司机，便于检查各个工作面，毕竟88km啊，于是就有了我的代理队长司机Sam。

因为才接手管理土方队，很多地方具体安排我都不清楚，所以每个工作面我都走了一次，自己去亲自体验了下哪些地方可以改进。有段时间一天真的是只睡了一个小时，身体没有休息好，导致那几天心情也是极度不好。

我那时从早到晚基本电话不断，挂完一些电话就会很郁闷地大骂。最后我可爱的非洲司机Sam看我一天只睡了一个小时，让我躺下睡觉，说给我唱安眠曲，没想到他用中文哼唱的居然是我刚才骂的词。

后来我们两个人在车上特别无聊时，会突然因为某件事不约而同地来一句"中文国骂"，再配上一个give me five的击掌也是特别的默契。

这个时候老图才体会到什么叫燃烧生命和青春，只能说每个位置的人真的都不容易，没有谁是像他表面那样看着很舒服的，人与人之间应该互相多一些尊重与理解，人本身就很难做到完全意义上的感同身受，哪怕你和他体验了同样的东西也不会有完全相同的感受。

每天和新司机朋友Sam的新乐子之一就是，在检查现场的途中发现各

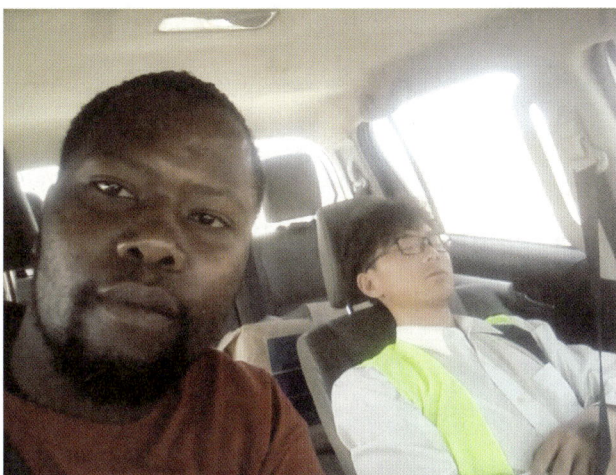
睡着的时候，司机Sam给我偷偷拍的照片

种路过的生物，比如我们的祖先猴哥过来检查工作。

Sam也是个讲究人，大热天的我问他："干嘛穿两件衣服？"他说："外面的是外套，怕把里面的衣服弄脏。"

有次和Sam去小里程检查供水情况的时候，路过新的打井的地方，看着好像能有不错的出水量。于是我让他下去看看出水情况。结果，他一过去，不知道是他的吨位太大还是那边水太多，双脚都陷进去了，像进了沼泽地一样。那场面笑得我肚子疼，他还一个劲地说："看吧，都是你的责任，你害的我，我要求赔偿医药费。"

新的一批非漂里有一位我的读者，他对我说："真是佩服你在这里干了一年多还不回去，我现在就有点受不了了。"看到那句话，说实话不知道该怎么回答，一开始来到这里，我也是从希望到失望，在绝望中寻找欢乐，在痛苦中不断挣扎。

所以非漂的人，大概都有一个共性——凡是干到一定年限的，都特别乐观豁达。有时候想想，在非洲干海外有个好处，特别在国际局势动荡的时候，那就是再怎么打仗，也不会打到"穷乡僻壤"的非洲，我还能在这过着悠闲的日子。我经常逗Sam说："你想怎么死，如果你开车太危险，我会在你kill我前kill你，这样我才不亏。"车内就剩两个人哈哈哈哈地傻笑，这种关于死亡的玩笑，我想我在国内是一辈子不可能开的。

有一次和司机Sam去给大里程的兄弟送饭，顺便去走了下这条通往南苏丹的"死亡之路"。走过这条45°~50°坡的路以后，我才知道为什么要修这条路，也才敢在其他有陡坡的情况下让司机Sam继续开，因为已经走过烂的不能再烂的路了。

有一次管理水电的中国同事老丁把东西落在另外一个地方，我和司机开车到那个地方以后，发现路已经被石头封掉，Sam问我："Jump？"一开始我是犹豫的，但一想到南苏丹那条路都跑了，还有什么好怕的。然后就冲过去了。令人无奈的是，我们到了路边才发现这里离指定地点还有一公里，并且原本我以为要拿的是一个很小的工具，到了发现是个又大又沉的大家伙，两人对视一望，好吧，你前我后的搬一段再换一换。

这个时候惊喜来了——不知道啥时候我带过的工人，突然从树丛里钻出来幽幽地来了句："Boss！"

我从来没有那么渴望有人叫我boss（平时一叫boss准又出啥事了需要去解决，叫得我脑袋大），于是我默默地将搬运任务的"快乐"移交给这位偶然出现的工人。

有段时间，有特别多的问题和意外需要解决，我从早到晚都没有时间休息。最严重的一次应该是为了熟悉工作的各个环节，我两天加起来睡了不到8小时，在路上的时候司机Sam就说："你抓紧睡会，到了我叫你。"有时候这种互相理解，是继续在痛苦中前进的动力。

说实话，很多非洲司机都令我非常难忘。他们不仅有狡黠的一面，而且有在艰苦环境下欢乐生活的心态。有次Sam帮我把水管一卷一卷往他自己身上卷，还有一次他看我管理现场示范搬大石头时跑过来帮我说："兄弟，让我和你一起患难，一起经历。"然后就听到一阵"啊……啊……啊"的嘶吼声，看他搬着那半米多高的石头，我不由得笑出声。

兄弟，你说你会记得我，我也会记得你。

因为是88km的公路项目，每次一大早去项目起点看出水情况的时候，司机Sam总会说："我要洗洗我的车。"

某一天，我穿的特别干净（因为那天要去屠宰场谈买水的事），他看了看我的鞋子，说："你今天要约会吧，鞋子应该擦干净点。"紧接着掏出他悄悄珍藏的帕子，硬生生帮忙把我灰不溜秋的鞋子擦干净了。

擦完后他来了句："你要给你的司机多付点钱，帮你擦鞋、开车，有时候还帮你翻译，充当电工、水工。"我回敬道："我前天约会美女的第二天，你没来，让我一个人开了一上午车，还不停有电话在我开车的时候骚扰我，你得付给我开车的钱，你也是我的boss。"然后我就看到他露出一排白白的牙齿嘿嘿地笑。

有时候看到不错的景色，我会顺便拍下，然后拿到司机Sam面前展示，一开始他一脸鄙视，说："那是手机好。"我戏谑地说："我的第二职业是摄影师和写手。"Sam满脸不相信，直到有一天我帮他和别人拍了个合照，帮

他拍了个天人一体照。他看完后兴奋得跳起来，一个劲儿地说："Oh，my god！Oh，my god！"然后我伸出手，他以为我是说"Give me five！"就拍了拍我的手，没想到我来了句："给钱，不然不给你照片。"

他也很入戏地问："多少钱？"我说："2万肯先令（一千多人民币）。"他说："好。"他入戏太深我一时没法接话，只好说："之前我把文章和照片投稿了，都有5000肯先令的稿费，给你友情价，明天早上5：30过来上班（提前半小时）。"他一个劲地哀求，我还是没给他照片，一直到晚上他还用我教他的微信给我发语音："laotulaotu（因为我给他说我的中文昵称是老图），Where is my photo，brother？"

难得有一天下午非常安静和平静，我和司机缓缓悠悠地开着车去查水，感受着非洲热乎乎的风，看着沿路平时来不及欣赏的景色。司机Sam说："是不是感觉生活突然慢下来了，没有一直不停的电话和等着解决的问题，都不像是你的生活。"我愣了愣，回答道："忙是生活，闲也是生活吧。"

和Sam一块儿的时候，他常带我去一些比较有意思的地方，比如一个四周无人的荒野森林，猴子和当地人一起在里面怡然自得地生活。

　　有两天司机Sam生病了不能来上班，我自己开着车慢慢悠悠地走。路上遇到龙卷风，这是这个地区——图尔卡纳的一个特色，一阵风过去极有可能是疯狂的龙卷风，卷起一堆沙土就消失了。没多久又看到一头奇大无比的骆驼，正在树下悠闲地进餐，骆驼啊骆驼，多少人希望过像你一样悠闲的日子。

　　我用很大的篇幅写了司机sam，因为他真的是个很有特点的非洲人，一开始他才接触我的时候对我说："为什么你的线路总是绕来绕去，而不是一条直线的有计划的一路过去，你以前肯定没当过boss，我以前当过老板，你得有计划，你要知道，虽然我是非洲人，但是我知道，营地里的中国人，哪些互相是朋友，哪些互相不是朋友，你也要知道，有的人也想接触你现在的位置，只是他没有被选中。"

　　那回说得我还特别的沮丧，由于自尊心作祟，还冲他来了句："但你现在只是个司机！"冷静了会，听他继续说："他们有的人，在前一个boss在的时候，是不会做现在的一些事的，因为什么，因为他们觉得你年轻，你没有经验，他们可以欺骗你。"说实话，当时很懊恼，但是其实这些话，从一个旁观者的角度说出来让我醍醐灌顶，当时对他道了个谢，过了一周我把很多事理顺以后，他对我说："现在你知道怎么当一个boss了。"

这篇文章也算是感谢Sam那段时间以来的帮助，我在某一天偶然得知：他家里算比较有钱的（过年没事去迪拜度假那种），他之所以来这个地方，是因为在肯尼亚还没来过这边，想来见识下。

我想，有的非洲人看中国人也看得很透彻，因为除了你给他划工卡发工资，其实和他没什么利益冲突和矛盾，他们从旁观者的角度会看得更清楚，会是你在这世上的另一面镜子。

边境送我个非洲娃

主营地附近有个加油站，在我们自己的加油站建好之前我们一直去那里加油。

加油站的加油人员叫爱丽丝，她有个特别可爱的孩子，每次去我都想逗一逗那个孩子，因为每次我经过的时候，那个孩子都像看动物一样跑来看我，然后又跑到门后把自己的脸藏起来怕被我看到。后来问我："你喜欢这个孩子？"我说："是啊，"然后她说了句让我受到惊吓的话："那我把她送给你吧，你带她回中国。"

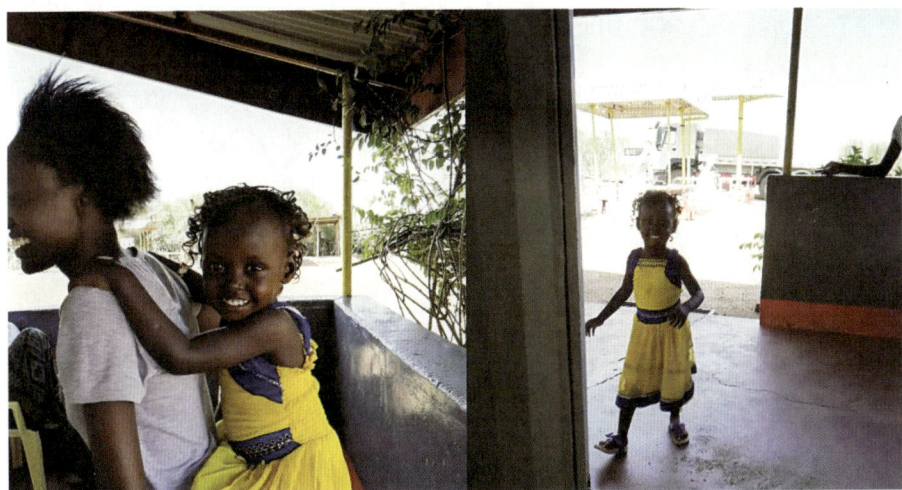

我以为那只是爱丽丝开的玩笑，因为把自己的娃直接送人在我的观念里还是难以接受的。直到某天，5号水车司机Erustus突然对我说了句："Boss，我的下一个孩子打算加入你的名字。"

本来在车上坐着的我，吓得差点儿倒下来。

思想比较传统的我还是再问了句："Erustus，你是在说，要给你的下一个孩子取我的名字在里面？"

Erustus又重复了遍刚刚的话，说："这样到时候你回了中国，我还能记住你。"

讲真，我虽然不是特别清楚他们这方面的文化，但内心还是有些感动。结果让我啼笑皆非的是，Erustus不知道什么时候把他下一个孩子的名字写在我手机上。

这个时候我不由回忆起和他认识的过程，当时本来打算录取另外一个司机，结果负责招人的同事领会错了我的意思，招成了他。

相处小半年之后，我发现他虽然时不时冒点傻气，但是还算比较尽心，紧接着就是每日中国boss和非洲司机的各种奇葩日常，他老是怂恿我在肯尼亚找个"女的"，我也不止一次的告诉他："中国男的只能娶一个'女的'，要是在这边找一个会被中国的'女的'kill的。"

自从我给他说"小心开车，我还没结婚，还没孩子，不想万一出车祸就这样一直睡在非洲"以后，每次我和他出行，他都会马上提醒我："有的人啊，要注意看边上有没有车，这个人还没有老婆孩子，我必须得开慢点。"搞得我是真的哭笑不得，这个已经成了每次在转弯掉头等环节我们的一个必备笑话。

记得之前去肯尼亚首都内罗毕参加《开讲啦》节目的录制，那段时间我离开了项目，他对我说："Boss，我们会思念你的，很多人会。"

我对他说："你是想念每天可以和我分饼干吃吧。"

他笑了笑说:"思念饼干,也思念你。"

我在内罗毕的时候总是不时收到他的"骚扰"短信,生病的时候问你好点没,还时不时问内罗毕怎么样,这样的司机很暖心啊。

后来这司机直接把他的手机屏保,换成了我在车上他在车下的半个合影。

这个司机其实很有才华,而且是我特别喜欢的才华。如果说之前2号自卸车司机Ambrose是天生舞者的话,那么5号水车司机Erustus就是一个天生的画家。

有次路经小学我去参观,他在黑板上涂鸦

我告诉他:"我打算学斯瓦希里语。"他回去给我画了英语和斯瓦希里语的图解词典,最后还很注意细节地写了5号。

我在这里待了一年多,认识了一些特别友好的非洲人,虽然他们也有缺点,但我还是特别感动。

有一次主营地的同事在群里发信息,说当地人和中国人因为招工问题有些矛盾，他们不仅罢工、堵门、丢石头，后面还开枪了（后来证实是误判），让在外的中方人员注意自身安全。我立马叫他上车，对他说："现在主营地那边出事了，当地人和中国人矛盾很大，已经开枪了后来证实是我们保安开枪，你现在一直待在驾驶室，万一真的很危险，我只有你可以信任了。"因为我短途开车可以，但是长途心里还是有点没底，当时第一反应是找他，可能也是一种潜意识的信任吧。

我想了想又加了一句："一定记得，我还没有老婆孩子啊。"

他对我说的第一句话是："Boss，你和我去我父亲那，我父亲那有枪和食物，他们如果打过来，我们一起打回去。"

仔细想来，这一年虽然有些地方不像自己计划中的那样完美，但是这些在边境时不时发生的一些小感动，经过日积月累，会让你觉得：在这个想象中落后、贫穷的地方，还是洋溢着在生活的摧残下的一些人性光辉和快乐。

时尔可爱的非洲人

我们在中午休息的时候，常常会用传呼机播放一些中文歌曲，以此来排遣思乡之情。有的非洲工头也有传呼机，用于和中方人员远程交流，有次传呼机里正放着张学友的《伤心的理由》。突然工头问我："谁在放歌，boss。"

我以为打扰到了他们工作，他来兴师问罪了，我说："不是我放的（撇清自己）。"

没想到他来了句："。好好听啊，叫什么名字？"

紧接着传呼机传来其他工人的声音："这个歌太好听了，听着不想睡觉。"其他工作面一石激起千层浪，纷纷想知道这首歌叫啥，这是特别有意思的文化交流啊。

工头Patrick刚和我一起工作的时候，很多东西不是特别会，所以都需要我写在本子上，把很多细节给他讲清楚。有一次平地机切台阶斜着把所有路边都给切了，他放在路边的本子也被土埋了，于是好几个人拿着铲子一起挖土找本子，不知道的还以为是在找藏宝图。

某天早上遇到一个一年前共事过的工人，问好后突然问我："你咋还没回中国啊？我希望你能回中国，这样你就可以去看你的家人。"

当时内心确实挺触动的，14个月了，真的很想念家人朋友。

工人里有一个特别搞笑的人，一直嚷嚷他想当"助理工头"，虽然不加钱，但他就想当，他觉得很光荣。在我看来，他特别像幼儿园的小孩子，每天调皮捣蛋，没事的时候还搭讪我们的女旗手。

我有时候还是很佩服非洲人的，不管之前大家闹过怎样的不愉快，他们都能立马把一些不愉快抛到九霄云外，虽然一副"你不服还能怎样"的表情，但安排他干活，人家还是该去干就去干了。

闹了不开心没关系，我扛着铲子自己玩去

非洲人和你亲近起来后，会时不时地来问候你一下，问你什么时候回家，叫你一起参加他们的节日，想来人活一世，有这样一段经历也是一种人生的体验。

有时候，在他乡你会成为外国人关注的对象，一些你都没见过的人会认识你，因为你是稀少的。有一次我在路上碰到一些有意思的小孩，他们冲我打招呼，而且还知道我名字，我就在这无聊的归途中和他们有一句没一句地聊天。

后面因为买水的事情和一个我们项目的非洲人力资源联系，看到她突然想来，她买了我手机的分期付款还没有给，我就问她："啥时候给我钱，不要以为你是女的就能少给，你都拖了我两个月了。"

结果这家伙来了句："女的不会少给，但是能掏空你的银行账户。"天啊，多么精辟的一句话，就像5号水车司机Erustus虽然挣了很多钱，我还卖给他一个二手手机，但是他还是用着最差的手机，原因只有一个，他的钱全拿去给妹子花了。

很多事情，真的是纸上得来终觉浅，虽然人们口中的非洲非常干旱与贫穷，但是事实上还是有很多不错的地方，有着温润的气候，别人说的终究是别人的，自己看到的才是真实的。

曾经路过一个村庄，我们为了后续取水方便，顺便去修了他们的水管。然后当地人用着古老的语言（其实就是斯瓦希里语）邀请我们射箭。

有一天一个当地水工告诉我："需要衣服，需要食物，需要手电筒。"我说："我给你发工资，给你衣服，给你食物，你要啥给你啥，都成你爹了，

老图变身——马赛人

too much problem（问题太多了）。"然后这家伙来了句："No problem（没问题）。"吓得我冷汗直冒，赶紧让司机快点开走，我可不想当一个非洲大叔的爹。

过年的时候，我去厨房转悠，无意间看见了"悟能"，我至今都很奇怪它是从非洲来的还是国内运过来的，更搞笑的是，大厨本来让非洲人帮忙搬一下，哪知道自带出场音乐的非洲人，来了个非同一般的pose。

通过一些小道消息，我得知镇上某个地方有新的出水点，比我们现在买水的地方还要便宜。于是我就跑到那边去。那个地方的沙比较多，我的车子不小心就陷进去了。一群小孩子过来看着我，不停地打招呼，那天我清楚地记得，我是眼睁睁地看着大太阳变成蛋黄滚下山的！

有时候图尔卡纳人的彪悍十分讨人喜欢，有次有个爱挑事的实验监理过来检查，指责我们做的改善层。工人被某句话刺激到了，一群人竟然要冲过去揍监理，看着他们内讧的样子，虽然我的内心无比开心——不然那个监理会好好教训我一顿，但还是要假装好人去劝自己的工人冷静。

海外工程有些地方有点意思，听新来的物资同事张总说，他们以前雇人给工人统一做饭，因为当地人不会写中文字，所以他们用写着中文的纸充当饭票，凭这个饭票买饭，月底再和做饭的数饭票给钱（当地货币肯先令），结果慢慢地，当地人开始用中文写的纸饭票换东西、买东西，后来甚

至可以当钱用。

小时候总喜欢扮演警察抓小偷，来了非洲后，电瓶被偷了，我告诉守电瓶的工人，没找到电瓶别回来了。第二天收到守电瓶工人的可靠消息（听说他怕失业，那天一晚上没有睡觉到处打听消息），我拉着保安去抓贼，体验到了真正意义上的"警察"抓小偷。

某位海外老前辈的留言让我也感慨很深：我是海外公司很早以前的员工，看了兄弟的文章非常感同身受，是没经历过的人不能理解的感同身受，我是肯尼亚最早的一批开拓者，如今"上岸"了，祝兄弟前程似锦……

镇中庙，沙中湖，湖中鳄鱼

曾经有次圣诞节，我在项目部待了两天，看着微信朋友圈满屏的节日照片，我深感越是在节假日越是怀疑的人生的意义，于是我叫上司机Erustus去附近看有没有可以玩的。

司机Erustus十分给力，我晚上给他发消息，早上他就带着他朋友开车过来了，我还没起，就在我门口叫我，他真是靠谱的非洲人，想的特别周到，还叫了车，至今还记得他送我手环时那个一脸认真专注的样子，让人很舒服。

每次一起坐车时，他会问下我他能不能抽烟，我说随你，但心里觉得这家伙还挺不错。后来我还把自己的二手手机高价卖给他，分期付款的方式让我在没有任何经济来源的情况下，在非洲过了段不错的日子，从那以后貌似这个家伙就把我当朋友了。

我这"黑心厂家"却被别人这样当朋友不禁心怀愧疚，于是我时不时地给他一些小恩小惠，比如他犯了一些错误后我会争取揽自己身上，因为我知道有些事情对我来说就是一顿骂，对他来说则可能是生活无法维系下去。

还有个让我印象特别深刻的事，他和油罐车司机Morris一样，在非洲一个男的可以娶好几个老婆的情况下，都只有一个老婆，所以我对他就更感兴趣了。可能以后的以后，他和油罐车司机会是我对非洲人美好回忆的缩影。

这一路真的特别无聊，从乡下开到小镇，结果就吃了一顿饭，吃了个连乡下冰激凌还不如的冰激凌，突然觉得我们那个乡下比这个小镇要好那么多。后来我提议去沙滩上玩，

需要提前挖几个小洞，然后找一些小石头玩

结果发现一群非洲人在玩一种我从没见过的游戏。

那天我们打算开回乡下，结果到了石场附近，司机Erustus说他小时候的学校在哪个哪个地方，说他小时候在哪里斗过鳄鱼。我当时就当他在吹牛没在意，后来他说那边有水，我们可以钓鱼，这个在我接受的吹牛范围内了，一行人马上决定过去看看这个未来也许可以钓鱼的地方。

下车走了估计不止半个小时，你可以想象一下，一群人在沙漠中行走，看到了山，没有看到任何水，只有土和山，别说鳄鱼，我感觉有水都难，有点怀疑被司机骗了，结果又走了一阵，看到了壮观的山石草木。经过各种大灌木，越是往山里走，越是难以相信这里面的景色。果然世之奇伟、诡怪，常在于险远。

看到这个山里湖的一瞬间，真想说句，谁说非洲没有水全是沙漠的，现在我自己已经不止一次被这种想法"啪啪打脸"了。

看到湖本来已经很满足了，结果司机好像还不想停止他的"吹牛"，我

们还是不相信这山里能有鳄鱼，有湖已经是我们接受的极限。

然而非洲就是充满奇迹，两个人能开一个石场，饿一周依然能活蹦乱跳地给你干体力活，人家山里还真有鳄鱼！

原谅我没有拍到，我们只看到了鳄鱼的眼睛，还不止一只，紧接着我们就趴在石头边上坐等鳄鱼出来。

不管你信不信，我是见识了，沙漠有山，山里有湖，湖里有鳄鱼。

边境的非洲岁月啊，请你慢些走

一周的施工干完了，在每天风里来、土里去、灰里睡的苦日子告一段落后，还是想整理一些施工的乐子给同在工地奋斗的"搬砖狗"。当然，不是"搬砖狗"的，你可以仅仅把这些当作一个乐子或者日常笑话，开心就好。

这原本是一枚5寸的钉子，不知道哪个无聊的非洲人硬生生把它用锤子锤成了"青龙偃月刀"，我也真是佩服他们在这事上的勤奋和执着。当我从地上发现捡起准备带走时，一群非洲大叔还冲我哇啦哇啦（哇啦哇啦当地语意思就是：废话），可惜，我是boss，大叔们，和你的"青龙偃月刀"说再见吧。

这个是他们用来抽水的东西，特别有意思，每天坐车经过都可以看到一群小孩把脚放在这个把手上一跳一跳地打水，就像玩跷跷板，画面请自行脑补，特别喜感。

打完混凝土，干了后，收班

临走前，突然觉得想到了啥，拿起水平管和钢筋石头，像不像当年躺下的邓布利多教授，如果你觉得不像，请横着头看。

还有这个，打完的混凝土用土工布洒水养护，突然发现远看像豆腐，结果有小伙伴更有想象力，告诉我像"落地成盒"。

这个是驾驶小推车的一个司机，用水泥袋给自己的帽子做了个边缘，我觉得很有意思，便偷拍了，哪知道被他发现了，过了一阵，他过来找我，我以为来找我算账，结果他把我拉到一边，让我再给他拍一张。

不得不佩服非洲大叔的快乐心态，苦中作乐是人生最难得的品质之一吧。

我一直守着建水泥库房，也很恼火进度很慢，加班和催人也难以完成预期的任务。下班的时候，拍拍这漫天灰尘不知道自己是为了什么。

拍照时被我的工人发现了，问我能不能拍一下他们，说"You are my boss"。很无奈，我说好，你准备好，他说不行，我说你又咋了，结果他又叫来所有的人，说他们要一起拍，他们是一个团队，讲真，心里很暖，但他们的表情好奇怪啊。

最后我马上就要上车走的时候，有个不会英语的家伙（以前还冲他吼过几次）跑过来看着我，好吧，我知道了，请说茄子。

头上挂了一个圈在当地表示已经结婚。我觉得这张照片还特别有天外来客的感觉，就给他们指了指天空，说好像外星人，他们哈哈哈哈一直笑，也不知道是觉得真的像还是不知道外星人的意思。

守土场的日子

可能boss觉得前面我太辛苦，所以后来安排我去守土场，我瞬间化身为土场守护者。最初，只有一台推土机和我相依为命。偌大个山头，我找了个阴凉处，一个人孤零零地看着推土机在那推土。恰好那天没网，所以手机没法联络外面，一上午没有说过一句话，英语、中文、斯瓦希里语一个都没有。

这天我唯一的一次交流是和一群从我身旁路过的羊——整个山头唯一活着的物体。这里只有我、推土机、羊。这下才知道，以前不算什么，这

才是真的折磨啊。最后我想出个消遣的办法，拿出手机录这些鸟、羊、风的声音，名曰"采风非洲"。

我守土料场的时候，某天，一辆小白车开到土场来，投诉我们把他去山上修信号塔的路堵了，哇啦哇啦说了半天。我告诉他我去请示下能不能帮他把路补回来，他听了后特别高兴。我那会儿手机打不出去电话，想问隔壁工作的兄弟需不需要我出土料，就只能到现场去问隔壁的同事，看小白车司机那么高兴，我趁机说："要不你送我去前面某个地方？放心，放心，不远（我已经学会坑非洲人了）。"

小白车司机开心地送我过去，一路聊天，他说我们招司机的时候麻烦我告诉他下。我问他叫啥，他说他叫Lemon（柠檬）。我说这个名字真美味，他好像有点没听懂，他问我叫啥，我说我叫Abel。他笑笑说你的才美味。后来我发现他在手机通信录我名字一栏写的是Apple（苹果）。当我给他看我备注的名字的时候，他却删了，写下：Limo。

哈哈哈，原来是两个水果的相遇，我们相视而笑，这就是缘分！

土场附近清表的时候，有个小工有次带我去了一个地方，又是一片非洲沙漠中的绿草，有趣的是，这片绿草中间有个洞，洞里有水，如果你在这片草上走，水位就会上升，你要是跳一跳，喷泉就会出现了。

在土场无聊的时候我就爬爬土场的山，有的地方是先下雨后晴天，地表形成了结块的表层，走在上面特别有意思，脆脆的像薯片一样，当一大步一大步地踩完，患有强迫症的我又跑回去把没踩到的地方再踩一遍，这感觉就像一口一个妙脆角。

有段时间我一个人待在土场，有一天突然遇到一群人走过来，其中两个扛着枪，我望了望自己的工人，发现他们没有撤退的意思，觉得应该是正常路过。

我先发制人对他们用斯瓦希里语问了好，表达下友好之意。结果这下倒好，这群人过来围着我说了半天，虽然听不大懂斯瓦希里语，但我大概明白他们的意思是想要吃的，后来工人过来帮我翻译确实是这个意思，好在我早有准备，来了一句："哈酷拿"（斯瓦希里语：没有了的意思）。然后这群人就走向下一个地方，临走前还不忘对我说一声再见，我学着他们的口音回应，我的工人对我说："Boss，你要是再待三年肯定能学会我们的语言"，斯瓦希里语专业的朋友听到这个估计要气得吐血。

因为有两天现场一直不需要上料，工人们百无聊赖，竟然对我说："Boss，我们想做点事，我们想干活，这样一天没事闲着好无聊，你看你现在就像开商店，但是没有人来买东西。"我说："我也想啊，但是路上不需要材料，我们就只能这样守着，确实无聊，不如你们教我斯瓦希里语，我教你们汉语。"有个比较好玩的司机来了句："Boss，我们去诺德瓦尔（这边的省会城市，离我们估计有半天车程）！"我说："走啊，反正我已经去过了！"我是无聊的土场守护者，还好有这群家伙陪着，不然得多无聊。

守土场的时候，有时候会看到公路上一车一车的装满南苏丹难民的车辆，从眼前呼啸而过，看看身边的非洲工人，再看看自己，想想国内的亲人朋友同学。其实真的，能活着就挺好，在生命面前，生活的劳碌和迷茫又算什么？

有时候想来还是挺有意思的，我们在海外也可以自己种菜，之前种了西瓜，现在种了青菜，偶尔停水断电我们也只有拿起手机，照亮杯底，守完土场回去，告诉自己开始一顿烛光晚餐。这样的心态和乐观，是海外的生活教会我的。

非洲的男性特别喜欢"调戏"女性，而且在他们的概念里，这是一种正常的行为，不管那位女性有没有结婚，他们向女性打招呼和表示友好的方式，十分大胆与率真。

在非洲守土场的时候，我读完了三毛的《撒哈拉的故事》，确实很多地方感同身受，他们当时应该也在摩洛哥的边境，更搞笑的是，突然发现她的丈夫荷西竟然也是海外工程人，即使黄沙日漫天，我亦不曾饶岁月。

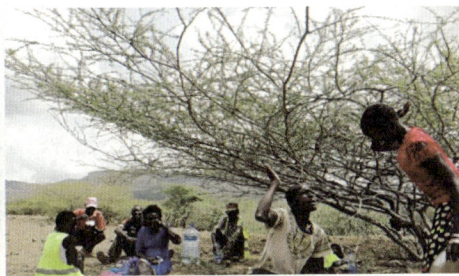

守土场的时候，无意间抓拍到的比较有意思的一幕，给我们送饭的马达母，现实版"打情骂俏"

关于睡觉技能的探索

才到那会儿，每天中午睡觉床是热的，外面是烈日，但我还是睡着了，醒来全身都是汗，汗也就罢了，还夹着沙（以后拍一部剧，教你如何在烈日和风沙中睡着），后来才知道我们项目上的空调还在海上飘着，国内发货运送过来很慢。幸得领导体谅我们的辛苦，直接从肯尼亚首都购买空调，加速了空调的到来，可惜恼人的第二次总统大选，又让空调在路上卡住了。

海外还有个神奇之处，可以让人练就不管在哪都能随时睡着的本领，因为有时候真的很累，自卸车、独木树、石头上我都睡着过。

师傅强哥干完活一字横开就地入睡

每次回去洗完澡后，躺在板房里的床上，我觉得这真是一天中最幸福的时刻，有自己的空间，可以做自己想做的事，哪怕发呆或者刷刷朋友圈也是很幸福的。

　　我一直相信，被生活这样"摧残"后还能继续生存着的人，幸福指数是指数增长的，具体请参照每天惨乐呵呵的非洲人，这一点上感觉很值得向他们学习。

　　蚊帐破了真的是件很糟心的事，因为你不知道哪一天哪一只不长心的蚊子不仅想吸你的血，还想让你感受下疟疾的滋味。所以，非洲的无聊游戏又多了一个——用透明胶给蚊帐打补丁。

在非洲，原始与现代的触碰

　　地大物博的非洲，对土地的态度比较随意。因为有的人家是牧羊为生，所以这些人会四处游走，当游走到下一个地方，他们会先拿块石头做个标记，选址，表示今晚会有人住在这个地方，这算是最为原始的契约精神吧。

　　这里的小孩独立的很早，你会看到十几岁的他们就已经可以背着枪在赶一群骆驼了。

　　我慢慢和当地的零食店老板娘Fatuma混熟了，最近手头紧没有现金，成功赊到一次零食水果，送货上门，风雨无阻，我想这大概是饿了么的雏形吧。

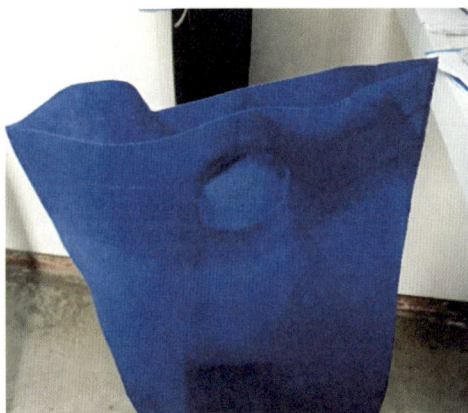

做工程，特别是公路，因为是在一条线上到处游走的，所以工人的伙食就成了问题。但我不得不佩服他们的随遇而安，捡起几个树枝放点草在上面，搭个小棚子就开始生火煮饭，好不快活，我被邀请过去参观了一次，这大概也是人类久远文明的现实体现吧。

洛基乔基奥是个很神奇的地方，经常能碰到太阳雨，一边是太阳一边是乌云配大雨，我记得上一次见到这样的景色还是在西藏的纳木错，当时在纳木错下车的那一瞬间，一边在下雪，另外一边却是暖阳照草坪，也许这就是神奇的大自然赐予我们的礼物。

你说做工程有钱吧，好像又不是那么有钱，以前缺资金的时候，不仅商务背负着成百上千万的债务，连我们施工的也没有沙，如果没钱买沙，就只能自己做个小漏筛在那慢慢筛沙子。

修公路时会经过一个树枝堆起的框架结构，其实这是一个公路商店，时不时会遇到一群羊在我旁边无忧无虑地吃草，还有装满了学生的校车偶尔会从我身旁路过。车里的人贴近窗子一起趴望着我这个远在异国他乡的"外国人"。

做工程需要找适合充当填充材料的土场，搞实验的同事被安排去找取土场，漫山遍野地走，成了半个非洲的徐霞客。为了找到合适的取土场，

他跑遍了周围的山，最后发现最合适的取土场在当地人放牧的地方，我们瞬间心灰意冷，因为从这里取土要么被敲诈，要么以后每天会有扯不完的麻烦。

在我们所修路的旁边有一所学校，学校靠山而建，里面的教师公寓都是小别墅，每次一到下午就可以看到一群学生围坐在树下，他们的白衣服点缀着这片绿土地，真是难得的在非洲感受到的文明与恬静。

非洲人罢工：矛盾的开始与升级

非洲人罢工的奇葩理由很多，例如你们的涵洞修的形状我们不喜欢，所以我们想罢工。

好吧，那下次给你们修一堆猩猩"猴子"老虎形状的。

工人罢工了，为了带动他们，我们自己动手去做涵洞，做模板的时候我不停地上下看，怕有东西砸过来，因为墙身比较高，从上往下递东西时不小心就会砸到人。

工人笑我胆小："Boss，你总有一天会死，不要害怕死。"

我回了句："我知道我早晚会死，但是我不想这么年轻就死了，我还有好多事没做，好多地方没去，好多好玩的没有玩，至少，我得成家吧。"

于是，从那以后我就成为了非洲人保护的对象，他们说他们的boss还没成家，要好好保护他，为人类繁衍做贡献。

工人罢工一段时间后，原本零星过来上班的工人迫于当地的暴力也不敢过来上班了，因为他们过来会被揍。没有了劳动力，这下我们中国工程人真成搬砖的了。材料到了，但是我们不能因为工人罢工就服软，所以当时大家特别团结地一起干起了劳力活，自己卸货，真的是：做一个非洲的英雄，扛着锄头去战斗啊！

过了一年，这些非洲人的罢工产业已经升级了，由以前的叫嚣着烧轮胎阻工，变为真的动手打一些外地来的操作手，还写了一个请愿书，来满足他们索取各种利益的诉求，此时可怜的商务老王是真不容易啊。

为了缓解当地的外部环境，我们公司也在积极履行社会义务，给当地一些学校捐赠文具用品，用以改善外部环境，让当地人知道我们修这条路真的是为了他们好不过这些小孩稀奇古怪的姿势估计都是和Bruce Lee学的吧。

中秋的时候，项目经理郑总组织了一场中非联谊，也是为了缓和一下和当地的矛盾冲突。那个中秋节大家玩的很尽兴，我们将中华"套圈"游戏推广到非洲，为了刺激他们的参与热情，所套奖品从好酒升级为现金，就连中方人员也忍不住出手一试。

来了非洲以后，感觉我本来就比较肥的胆子，好像已经撑破以至于散布全身了，我爬过6米多高的水塔修脚架，也遭遇过工人们的堵门。我从一开始刚下飞机看到警察拿着枪过来心里有点没底，到后面被无赖保安恶心到忍无可忍痛打了他一顿，再到经历两次总统选举，由一开始的心惊胆战怕打仗内乱到没有多大波澜就像看小孩过家家……也许，这也是一种成长吧。

因为利益矛盾，非洲人围了主营地打了中国人，我们提着铲子准备以防外面的人打进来。当年我们5个人防卫，外面30个非洲人朝着我们扔石头。后来事态有点激化，国际社会监理过来才把我们救出了营地。

生而为人，都不容易，但是说实话，我真的很感谢生活，让我不管在怎样艰苦或者困难的环境下，总能遇到一些很善良的人，不管是中国人、非洲人，还是瑞典人，当你能感同身受地理解更多人的时候，你才真正能影响更多的人。

你在南苏丹开飞机，我在肯尼亚修学校

才来洛基乔基奥不久，就听说这边有个会开飞机的大叔，我一直很好奇，整天在天上开飞机的感觉应该也挺特别吧。有次我在加油站还真碰上那个开飞机的大叔，和他寒暄几句，还没有来得及深入交流就彼此告别开始了各自的工作。

某天同事说有对瑞典夫妇邀请我们去玩，对于这种事我必然是极其感兴趣的，于是便带着葡萄酒，开着小破车，踏上了赴宴的旅途。

我把车开进他们的住所后，才觉得同样是工作，人家这工作环境真的特别有小别墅的感觉（项目经理一开始那会还发了个图片，让我照着另外一个项目的小别墅修建营地，无奈住所最后还是成了钢筋混凝土堆砌物）。

这对夫妇特别热情好客，我们刚到，他们就拿出了一些他们自己做的饼干、糕点、水果、饮料招待我们，左图那个面上是白色奶油的糕点最好吃，因为吃到最后有百香果，酸酸响响特别有意思。

后面我们就有一搭没一搭地闲聊，女主人特别好玩，她开始坐在我们对面，后来她搬着椅子移来移去，说是要找到一个能看到我们所有人的最佳视角。他们1970年结婚，瑞典人，男主人叫Kea（我没有找到个对应的中文名字很尴尬），女主人叫贝吉塔，他们之前在美国工作了很久，有3个孩子（貌似一路工作一路生）。其中有一个孩子在日本上学和工作，同事这个时候说我会一些日语，女主人很惊讶，我当时开玩笑说，很好奇有一天和她的孩子，也就是一个中国人和一个说英语的瑞典人，两个人用日语交流的场景，一定很有意思，他们笑个不停。

他们两个在一起已经40年了，但是看他们在一起时候的状态，感觉就像一对还在谈恋爱的小情侣，也可能是他们在生活中经历了太多，看过了太多，所以在这样一个年龄又重新回归了爱情。

这对夫妇在洛基乔基奥待了7年，他们学会了斯瓦希里语，丈夫去南苏丹开飞机，妻子也一点没闲着。有次她看着一群小孩在树下无所事事，于是她便打算自己修建一所学校，让孩子们能够上学，我很荣幸能去他们修的学校参观。

学校修建于2010年5月15日，学校有栋楼是以妻子的名字贝吉塔命名的。

参观的时候，虽然男主人Kea说他是开飞机的，但是我感觉他修的很多房子，真的很专业。我们开玩笑说他可以当一个土建工程师了，从此次参观中我们受益匪浅。

总有一种卡哇伊的感觉，夫妇俩都是童心未泯的人

期间有个小插曲，Kea说中国文化有些地方他不理解，他在中国买了一台机器，最开始那个服务商还一直联系他，但是后来机器出现了问题，他给服务商发邮件却一直收不到回复，他说他不理解，当时我们也很尴尬。因为我们深知可能是机器出了问题但商家不想负责（后来从他发给我的邮件对话来看确实是这样，而且服务商还想让他买其他的机器），但为了中瑞友谊，我还是说了句，可能那个人没有在那个公司工作了，所以就联系不上，以后还是努力做一个有底线有原则的商家吧。

　　每每想到这对夫妇，70多岁的年纪似乎对他们来说才是生命和爱情真正的开始，我又想起了55岁还在中国上学的日本朋友吉田，特别欣赏这种年轻的心态，可能这也是为什么我选择海外的一些原因吧，无形之中感觉自己的生命得到了一种扩展，毕竟，好不容易战胜了三亿的竞争对手来到世上，不趁年轻好好疯狂铭记一下青春，到老了再玩很多东西肯定玩不动了。

这是最后我们离开时的合影，可以看到Kea其实特别随意，还光着脚

寻草原误探蝙蝠谷

下雨之际，约一二好友，带两三小酒，发哥、兴磊和我，踏上寻找非洲草原的路。

发哥是早我一年来到海外的前辈，也就是之前在我文章里看着美丽的星星大吼出声让我们误以为他出事的奇男子，兴磊是比我晚来的实习生（两个实习生走了一个现在只剩他），发哥平时工作特别认真靠谱，兴磊平时言语较少，但是为人实在。

连沙漠里都能有鳄鱼，这片神奇的土地没有什么不可能。

走了大约20分钟，在两山交汇处，也就是山脊的地方，我们看到了草原。

　　草原上还有羊和驴，以及骆驼，它们在这片土地享受着自然的滋养，好一派祥和的生态系统，你吃你的，我喝我的。

雨后就成了绿草的天下

　　绿草深处，有一小池，池里蛙声一片，此起彼伏，与林中的鸟声交相呼应，让人有一种早已超然物外，忘却所有人间烦恼之感。

　　只看到绿草，似乎感觉有些对不起难得的休息日，所以我们三人就一直默契地继续向山谷里走去，都想一探山谷深处的泉水源头。

没走多久，我们发现了一种像仙人掌的奇异植物，张牙舞爪的样子，像极了在山中深处守护某个见不得人的宝物的守护者。这让我突然想起进山的第一个地方也是爬满了一种像极了四季豆的植物，想必那才是进入这座山谷的第一道关卡。

又走了大概有40分钟，忽闻流水潺潺之声，仔细一看，竟然是一个天然的高山溪流。沿着流水向前，忽然看到一块像极了当年孙大圣出生的胎石，盘踞路中，似乎在向外来者宣告他的统治。继续向前更加证实这个猜测，一把水下关刀映入眼帘。

三人不畏威慑，继续向前。我们沿着水在岩石上的印记，步步向前，似乎前方有一些东西在召唤。走了没多久，一条用石头铺成的小路浮现眼前。

大圣胎石

沿着岩石指出的道路继续往前，走的时候没发现，当一回头，突然发现后侧原来自成一景。我们立即停下，发现这个地方有点类似修仙之地。

我们在这个地方逗留良久，拍尽姿势，感觉这一天又是一场大丰收。

前面无路，只有沿着岩石自己找路。途中遇见了一群牧羊人和他们的羊，

水下关刀

　　我们用一些当地语打了招呼，表示了友好，继续向前。

　　越往前，路越艰险陡峭，突然看见环山中腰处，似乎被什么东西截断，我们本已经精疲力尽，看到这个，斗志突现。

　　沿山攀爬，隐隐听见一些声音，似乎有什么东西在拍打翅膀，爬到山腰，发现竟然有个洞，洞里住满了蝙蝠，是的，是真的蝙蝠，住在深山里，这次不像上次鳄鱼湖没来得及拍，这次是有视频为证。

　　经过判断，这个洞口应该还通向另一侧，于是我们继续攀爬，想去到山腰另一侧察看情况。爬到山顶处，俯瞰这片土地。

　　我们发现山顶之外，还有另一座山，但由于天色已晚，出于安全考虑，只能悻悻而归。

　　此中有真意，欲辩已忘言。

沙漠之湖图尔卡纳

来项目后就一直听说，这边有个挺出名的湖，叫作图尔卡纳。因为一直上班没有时间去看，趁着肯尼亚人民第二次总统大选休息的机会，我们去游览了一番。

图尔卡纳湖，是非洲著名的内陆湖泊，同样是东非裂谷带上许多湖泊中的一个。湖区呈条带状，南北伸延256公里，向北一直抵达埃塞俄比亚边界，东西宽50~60公里，面积6400多平方公里，湖面海拔375米，它不仅是肯尼亚境内最大的湖泊，也是世界上最大的碱水湖之一。湖水盐碱量大，又苦又涩，不能饮用，但湖中鱼类繁多，是一个天然的渔场，周边许多百姓以渔为生。湖水从岸边看去呈现蓝绿色，宛如碧玉，因此图尔卡纳湖也被称为碧玉海。

经过几个小时颠簸的车程，当一个体格比较壮的同事（体重保守估计180斤）来了句"抖得我都飞起来"的时候，心里真的是无奈的想笑，一路颠簸，甚至有的路，还没有非洲大草原上没有路的平地好开，这时候终于明白我们为何要大老远跑来修路了。

第一天在一个酒店住，花费1000肯先令（接近一百元人民币），结果房间里满是油漆味，真的让我怀念国内的物美价廉。

第二天早早出发，经过了1个小时，我们来到了图尔卡纳，终于在非洲能见到湖了。

没错，非洲真的有湖！司机Abdi表示很开心。

在这湖边有唯一一个酒店，你不会相信竟然又是一个瑞典人开的。

酒店布置很有特色，书很杂乱地躺在桌上，冰啤加书，这才是生活

和老板聊天知道，他来自瑞典，自己还弄了本书，老板确实很有范，这书也特别精致，售价5美元。老板看着有点像爱因斯坦，我说我也想以后能有个这样特别的酒店，跟他取了经。他让我想起了55岁和我一起上大学的吉田大叔，希望自己以后也像他们那样充满活力，不把自己定格在某一个年纪，走之前他留了张名片给我，希望以后有机会邀请他去中国玩。

其实世界真的很大，和非洲人的趣味故事也特别多，你会知道虽然他们不富裕，但是仍然很会享受生活，我感觉很多地方真的很值得我们学习。

每次怀疑人生仰望天空的时候，告诉自己，我本是好汉，再飘一阵希望能找到真正的心之所向，应该便会素履以往。

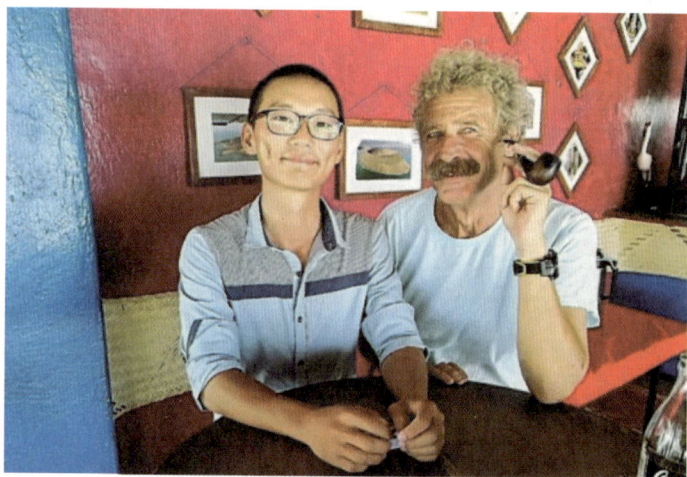

那个时候一个人被放到主营地修房子的我简直惨不忍睹
温馨提示：发型决定长相！老图的"血泪"经验

八年南苏丹，归来机械师

　　一开始的对话场景是这样的：一个初出茅庐的少年和一个浑身武装的家伙站在公路旁边，感觉像是少年遇到了难为他的警察。

　　"这附近有啥好玩的地方推荐没？"我问。

　　"你可以去镇上的748酒吧，那里有吃的喝的。"当地名为肯的保安回答到。

　　我默默地说了句："我去过了。"

　　"那你还可以去Track Mark，或者Portland。"肯想了想回复道。

　　"别说这些酒吧，镇上的我都去过了。"我实在觉得这个对话的进度太慢，直接说道。

　　"那你可以去诺德瓦尔，那里有一个湖……"肯正在绘声绘色地描述那个湖，我听了一小半他的描述后，问了句："图尔卡纳湖？"这下肯直接吃惊地望着我，问："你去过？"我给他看了看手机里的照片，还有这个镇上几乎所有酒吧的照片，最后肯说了句："You are a tough man！"

　　我没在意，继续穷追不舍地问："还有其他地方可以玩不，我之前一直待在营地里工作没出来，感觉人都快发霉了。"肯开始思考，为了避免再一次出现之前的对话状况，我告诉他："鳄鱼湖我去了，还有土场附近的这座山，那座山，还有石场那边的山，我都去爬了，其他的你可以给我推荐了。"紧接着就是肯目瞪口呆地看着我，不停地重复"Tough man！Tough man！"不知道的路人还以为我对他做了什么。

肯是新来的保安，他的名字就叫肯，肯定的肯，那时候快要复活节，我琢磨着复活节该给自己找个地方玩一玩，毕竟可能最近就这一个假期。然后那天刚好来了个保安，而且是会英语的保安！

本来一开始就想找个人问问附近玩的地方，在发生了上述的对话后，就成了他说他想拉着我去酒吧喝酒。

我说好啊，然后我再说了一句我没钱（因为被一些当地人坑的太惨，怕成为了喝酒取款机），然后肯来了句："没问题，我有钱！"我说："你竟然有钱？不用养家？"这下轮到我目瞪口呆了，他说了一句："保安只是我的一个副业，leisure work，我真正的工作是修理机械的。"

看他一脸风轻云淡的样子，我感觉又遇到一个非洲人在给我吹牛了。他看我有些怀疑，说："要不你去参观我的修理房，那里你肯定没有去过，我在镇上有一家修理店，你可以问这些司机，他们的机器有问题都会找我！"竟然还真有不少司机见他过来很热情地和他打招呼，我脑海里不禁开始设想：机械加上持枪军人是什么？是机械师！

这个不是应该在电影场景里出现的桥段吗？我问他有没有看过电影《机械师》，我说："里面讲述了一个强大的男人，也是像你一样，非常的精彩！"他有点困惑，我说："其实工程师也只是我的一个职业，我还有个职业是作家（虽然只是个文字爱好者），写很多我遇到有意思的人的故事。"

然后肯这下的反应和我之前听到他说他是机械修理工的反应一样吃惊，紧接着我就给他展示了一下我的文章，以及在非洲遇到的那些有意思的人的图片，然后两个在工作数量上极为相似的人开怀大笑。交接完工作以后，我们相约第二天放假一起去酒吧，然后去他的修理店参观。

第二天一早，他就开来一辆从南苏丹带回的车，我说："让我拍个素材，方便写你的故事。"

他扔给我一把枪，说："给你一个装饰品。"我说："我其实知道怎么操作，之前在石场待着的时候，和我一起的保安把枪借我看了下，他们还教我怎么玩。"于是肯再一次地重复"Tough man！Tough man！"

然后我们就坐上了小破车，开向几公里外的小镇。

在车上，讨论生活话题的时候，我问他："为什么你有一个业余的职业？"他说："修理工的职业是为了生活，而保安，是因为我自己喜欢，我做保安很开心。"那一瞬间对他突然升起一丝敬意，我说："在这里，很多人活得很不容易，有的甚至不能生存，你比太多人幸福了，甚至比很多在中国的人也幸福。"

他说："是啊，这世上生活都不容易，但我们也应该享受它。"然后我回了句："Life is hard but we also enjoy it. Because if you don't enjoy it，it will rape you."然后肯朝着我继续大笑，不停重复"Tough man！Tough man！"（后来我才知道从此因为他，我又多了一个外号），然后问我："你的英语是在哪个学校学的？"我说："我都是吃的高中的老本，大学荒废了很久，这不现在跑到非洲这里来和你学英语了。"

然后这个家伙竟然郑重其事地给我说："现在你的英语已经可以和我们交流，如果未来几年你和我们一起待着，你一定可以学会斯瓦希里语！"这下我有点激动了，突然想起了上次和1号水车司机碰到他的前boss，前

boss是巴基斯坦人，但是他俩用斯瓦希里语交谈甚欢，那样应该很有意思吧！

我说："说说你的故事吧，肯，我相信在这样一个地方，你肯定是一个有着特别经历的人！"

肯第一句话吓到我了，他说："之前，南苏丹战乱那段时间，我在那待了8年！"

车里沉默了一会，不久我们到了Truck Mark。又是熟悉的服务员，那天刚好下了一阵雨，酒店的游泳池雨后显得更加的清澈。

我望了望他，又想起一些司机。我说："感觉这里很多司机都是从南苏丹回来的，因为靠近南苏丹？"肯说："我10岁就离开了自己的家乡，到这里上了中学，毕业不好找工作。南苏丹有很多工作，所以我去了南苏丹。"

"你在南苏丹有没有什么特别难忘的经历？"肯顿了下，然后掏出他的

脚踝，指了指脚踝上拇指大的伤口："这里以前被枪打过。"

"我以前帮联合国运输一些儿童妇女去避难所，有一次穿过一片树林的时候，遇到了一群持枪冲出来的人，前后把我包围，当时我急忙停了车。他们让我下车，我双手抱头，他们用枪指着我，让我掏钱，我掏出了兜里所有的钱给他们。他们问我从哪里来，我说肯尼亚，他们当即给了我一枪，这时我才意识到，我是在南苏丹，身后还有妇女和儿童。我告诉他们说，这些妇女儿童是无辜的，也是南苏丹人，你们可以杀了我，但是就没有人能把他们送到安全的地带了，那些人最后交流了一番，看了下我身后，让我回到车上，让出了一条道。我一上车就立马往回开，用最快的速度，忍着痛，直到到了安全的地方为止。我告诉总部我被袭击了，那次以后，总部升了我的职位，我就开始管理所有的车辆，像你现在管理车辆一样。就这样在南苏丹待了八年，我学会了怎么修车并成为一个士兵。"

吃完饭，他说带我去看看他的店子，然后又招呼着他的朋友，一路开车送我们到了店旁。

在当地到处都是铁皮瓦店的大环境下，这家用砖砌起来的店确实感觉不错。里面还有很多机械零件和用具之类的东西，都很精细，这让我对非洲人在某些方面上的认识有了改变。

然后他问我："有没有兴趣去我家看看？"我说："如果不远就过去吧。"这个时候他有点为难的样子："过去的话还得给司机100先令，但是

现在工资还没发。"我看了看钱包，刚刚吃饭基本两人也把钱花的差不多了，我说："要不算了吧，我这里也没啥钱，下次有机会再说。"紧接着他和司机用斯瓦希里语交流了一阵，能听出大概意思就是工资到了再给司机钱，我们就又一路出发了。

开了没多久，我发现他住的地方竟然就是以前我们才来那会儿定的酒店附近。我说："我来过这里，以前我们住这附近的748酒店。"肯笑了说："但是我家在那边。"他指了指远处。这下又要让他失望了，我说："那边我也去过。"他又一次惊讶，问："你怎么会去那里？"我说："以前才来的时候，和同事早上跑步，这周围基本都跑遍了，我知道你又会说tough man。"肯哈哈大笑："我带你看看我家吧。"

到他家的时候，感觉这个树的睡姿特别慵懒而又随意，和墙面切合在一起像极了一个古物废墟。

然后便进了肯的房间，一进去，先是看到他的老婆，非常高挑漂亮。进了他的房间，他让我随便参观。房间虽然不大，但是摆放的物件整齐，而且还有电视，要知道那个时候我们项目上的电视还没有到。

肯接着给我展示了他从南苏丹开回来的破车，如果有轮胎这个车就还可以跑，他现在的目标是攒钱买轮胎。

这个破车让我想起了油罐工Morris的小破车，但是这一个比Morris的要保养的好很多。

从和他的聊天信息里知道，在洛基乔基奥有很多人，在13岁左右，就会去南苏丹找工作，有的不幸被抓去军队，参与战争。在我们项目来之前这里是很难找到工作的，也因此，当地人在某些方面显得很彪悍，因为在某种程度上，一份工作就是他们能够继续活下去的保证。再加上有些当地人工作效率不高，技术也不是很到位，所以难免产生很多矛盾。

走的时候，肯说："现在，我们一起喝了啤酒，一起度过了开心的一天，你去了我家，我们就是真正的好朋友了，下次你想狩猎时我早点过来，你如果想知道更多的故事，在南苏丹边境我有朋友在那驻守，也可以带你过去。"我不知道说什么，只是在惭愧自己之前竟然如此提防他，虽然后面还是在某些事情上对他保持着提防。

作为我们的保安，有一天到了时间，我快离开了肯还没来，打电话给他，他却说："我今天领了工资，我要去潇洒一下！"当时我有点奇怪，他平时一直是一个靠谱的人，我说："你要潇洒我理解，但是你应该提前打电话给我说一声啊，不然现在这么晚我又要重新去找保安，还不一定能找到，没有保安油被偷了怎么办？"结果他挂了电话，我又打过去说了几句，他又挂了电话。正当我准备给我的boss汇报情况时，肯这家伙竟然骑着摩托车神奇地出现在我面前，告诉我说："朋友，你很害怕哈哈哈，我跟你开玩笑哈哈哈哈！"那个时候我心里真的是五味杂陈啊。

在经历了第一次玩笑以后，有天下午他突然给我打电话，因为他是晚上6点值班，他说："我的朋友，我可以给你带个冰啤酒不？"我说："可以啊，冰啤酒和可乐都可以，看你。"然后他问："你更喜欢哪一个？"我想了下就没客气，说："冰可乐吧，因为我除了周六不锻炼时会喝酒以外，其他时间都不喝酒，因为喝酒影响锻炼情况。"

有时候正是这些偶尔闯入的朋友给我驻外枯燥单调的生活增添了无穷的乐趣。虽然我们肤色不同，有着不同的口音，用着不同的语言，甚至信仰不同，但那又如何呢？我们还是珍惜相聚的缘份，在这个偌大的星球，远隔万里的两个不同生命的遇见本就是一件很奇妙的事，所以，苦也好，气也罢，让这无聊的人生更加多彩一些吧！

我始终相信，大多数情况下，当一个人不再过多地为生存而奋战的时候，当一个国家经济建设达标的时候，是很大程度上，能抑制人性里的恶的，人会变得更加的内敛和友善。

因为人与人之间至少不再像原始社会需要野性竞争，当我们步入文明社会，还是有那么一些地方其实还在文明的边缘挣扎，还在用着最原始的方式表达他们的诉求和不满。文明的本质是什么，我想可能就是人类尽可能的克制自己基因里的野性，用一个比较和平的方式去表达自己的诉求，解决自己的不满，同时开始有自己的底线和原则。

在我调离土场大约一个月后的某一天，因为停靠机械去土场，所以我回了趟"娘家"探望，遇到了老朋友机械师肯，那天刚好有个新的平地机操作手和我一起，结果发现新的操作手见了肯就像老朋友见面。

我就好奇地问了肯："你们之前认识？"

肯说："我们也是老朋友了，这个家伙和我在内罗毕（肯尼亚首都）的时候就认识，他去了五个国家，其中就有利比亚，也是一个tough man。"

听他这么一介绍，我不由得肃然起敬，重新再次和操作手握手说："对你的经历我再次表示敬意。"

肯来了句："他也有很多故事。"我说："那感情好啊，我又给我的文章找到新素材了，又有新故事了。"

然后肯来了句："哈哈哈，是啊，我这个老故事该离开了。"

我笑了笑，来了句："再见，老故事，你好，新故事。"然后再次和操作手握了握手。

我对肯说："让我来给你这个老故事照个像吧。"

结果就是一个帅气无比的大兵出现在眼前，我翻了下以前给他照的一张，发现我的照相技术确有提升（也有可能是天气原因）。

不过也有比较有感觉的照片，有天他一个人在那望着落日，那一瞬间的景色真的特别完美。

特别想附上一句话：我既可独守荒凉，也可替你武装。

肯其实和我私交确实还不错，但是因为有次有偷油嫌疑，我也罚过他。

他一直心心念念说一定找个周末带我去教堂感受下，虽然当时我心里第一反应是想起出来前一个很多年的好朋友叮嘱我的一句话："千万别去信宗教。"但我还是对教堂有点好奇。

有一个周末，凌晨4点我便醒了，6点钟就起床了。我感觉周末一直待营地无聊，就打电话给肯说要不今天去参观下教堂，我只是抱着欣赏的态度去的，我是没有什么宗教信

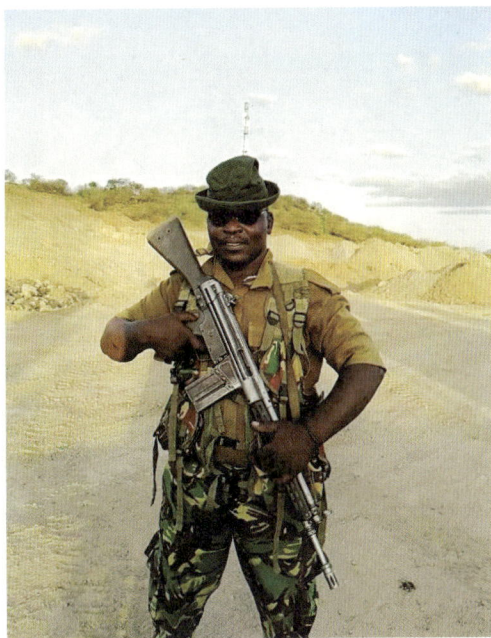

仰的，但是氛围确实特别欢快。

有一次我在土场，肯路过的时候帮忙带了瓶可乐给我，虽然是便宜的可乐，但在荒郊野岭的土场这真的是一份大礼，肯每次见我都说："今天过得怎么样？我过得非常舒畅。"

这让我对他这个保安的工作十分垂涎。他知道我喜欢枪械，就总是把枪借给我玩。有次还特意带了个军背心，说这样穿着拍专业，奈何肯的尺寸真比我大太多。

那天临走的时候，我一个劲儿地找各种机会摆拍，他对我说："你本该是一个天生的战士。"感觉像是圆了自己以前一个从军的梦想。

如今啊，小鲜肉已经成了老腊肉，老故事迎来了新故事，离开土场的时候肯说："你知道吗，很多人都特别喜欢你，和你在一起很开心。"

我当时想了想说："那是因为，早在两年前，我就想来肯尼亚，就喜欢这个地方。正如你所说，这个世上有好人也有坏人，你是什么样的人，便会遇到什么样的人。"

虽然在这的工作艰苦，路途困难，但是这些时不时在工作、生活中出现的小插曲，给了本就单调高强度的工作一个缓冲与波澜。

虽然时不时也会被这家伙蹭吃蹭喝，但是身在异国他乡，正是这种互相的蹭吃蹭喝使对别人的麻烦也更加心安理得一些，也就更加乐意去探索这个地方更多的神秘。

难忘的非洲保安们

因为我们项目所在地很不安全，所以在中标合同条款里，就有支付给保安的费用，而且大多数是当地部队退役下来的持枪保安，这边他们是可以合法持枪的。

我可能有"吸保安"体质，和各个不同的保安都能称兄道弟，甚至有天有个关系好的保安给我来了句："谁惹你不舒服了给我说，我让他明天消失。"

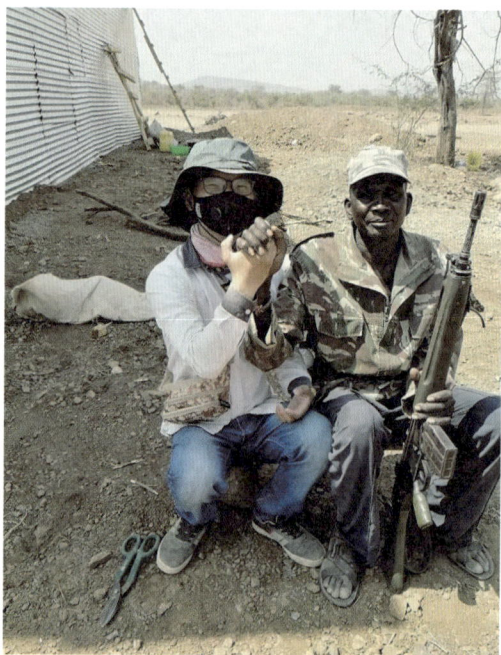

当时才到非洲的我，还是被吓了一跳，在这生命如此廉价？"

闲来无事的时候我和保安学了怎么用枪，换一个保安我就换一把枪。男生应该都特别喜欢摸枪的感觉，哪天祖国需要我上战场，帮忙擦枪还是可以的。

在副营地问候保安，保安给我免费送饮料。我还遇到了保安机械师肯，给我讲述他在南苏丹的故事。

路上我跟新的保安朋友开玩笑，翻到他钱包里其他国家的纸币，然后我假装往自己袋里扔，他先是用斯瓦希里语叫了一阵，后来还真送给我了。这是索马里兰的币，又可以多个收藏了，不知道在这张纸币背后，这个保安在索马里兰又经历了什么。

有个关系还可以的保安，有次骑来了一辆摩托车，他说今天他带了他的全套装备，问我要不要拿去摆个pose。

我贼兮兮地望了下他的摩托车说："今天让我试试这个，你不觉得它和落日很配？"

保安看了看哈哈大笑，他说："你很会拍照。"

其实我想说，因为是在非洲。

可能我真像老朋友（非洲机械师肯）说的那样，也许上半辈子是个天生的战士，对这些持枪的保安都会有种莫名的亲切感，毕竟我从他们那"抢"到过索马里的钱，还低价买到过鳄鱼。

跟土场的保安们相处越久越觉得有意思，每次我用斯瓦希里语和他们打招呼，我一声问候，他们几个保安齐齐回应。这个场面特别搞笑，就像出去捕捉到食物的雌鸟回鸟窝给雏鸟喂食，一群雏鸟叽叽喳喳对着雌叫的那种感觉。

其实相处越久，越会发现保安他们人挺不错的。有次我去查看推出的石料，然后有个保安用斯瓦希里语叽叽喳喳给我说了半天，我一脸茫然，然后他拉着我离开那个地方给我指了指，原来说怕那个地方的土可能会滑下去，让我注意安全。

这可能就是一种同为人类的本能的善良吧？

我的工人学聪明了！

　　有天早上，我管理的一辆自卸车没有经我的允许就被开走了，我和水车司机Erustus（送我手环以及想把孩子送给我的伙计）拦下自卸车后，我问操作自卸车的工人："你去哪？"

　　他说："去不远的地方给工人取干净的水喝（其实有9公里远）。"

　　我继续问："谁让你去的？"

　　他说："没有任何人。"

　　我继续问："谁是你boss？"

　　他说："Abel."

　　我说："好，我是你boss，你没有问下我就自己开着车跑出去，我也不知道你干嘛，也不知道你会开哪去，万一我以为车辆遗失报警了你咋办？"

他不说话，我继续说："如果下次看到你没有我的允许，再一次这样开出去这么远，那你那天的加班统统没有加班费。"然后就让他走了，之后Erustus就在车上不停地笑，我问他："你笑啥？"

他说："Boss，我知道怎么回去教育我店里雇的人了。他们老是让一些没有付钱的人进我店里看电影。我就问他们：'谁是你boss？你为什么让他们没有付钱就进来？'"（闲来无聊，他把之前攒的钱拿去与人合伙开了个店。）

哈哈哈，这是不是也算在非洲传播"中华文化"了。

非洲人有时候很聪明，懂得就近利用。本来我们打在地上用来定位的长木桩，他们用来拴羊了，指不定羊把四周的草吃完，还可以画个圆。

帮忙倒料的孩子

之前有一次做土方，因为没有工人帮忙倒料，我就自己上了，免得再回去趟拉工人，当时我旁边有个小孩站在那一直不说话。

后来司机告诉我说小孩一直在观察我倒料，我就和小孩用当地语言打招呼，然后给他比比划划让他帮忙倒料。没想到他竟然真的愿意帮忙。

我的司机跟我开玩笑说："Boss，你用童工很危险啊。"我想了下说："他是我朋友，我只是找朋友帮忙。"司机笑了，还把这句话翻译给小孩听。我

们把车开去一个地方，很久后才回来，不可思议的是，那个小孩竟然还在那敬业地倒料。

当时我真的震惊了，身上又没啥东西给他，只有不停地对他说："啊桑特撒拉。（斯瓦希里语谢谢的意思）"小孩在那儿笑，那个时候感觉这一趟非洲之旅真的挺有意义，至少发现其实人与人之间除了很多利益的纠葛，仍有一些在人生长河中偶尔发光的东西，这就是我敢一个人行走世界的底气。

这件事还有个后续，有一次我和司机出远门，结果开到路上司机告诉我："Boss，刚刚经过的那两个人，有个是上次帮我们倒料的小孩。"然后我们在那等了会，帮小孩把水扛到车上，顺路载了他们一程，可能这种互动就是，当我一万次想跑路辞职却还有些留恋的原因。

带着拖车去吊水箱的时候，碰到一个小孩，我跟他打招呼，他很友好地回复，最让我惊讶的是，当我们清理拖车上的垃圾时，他竟然自己就跑过来帮忙来了。再想想那些无止境向我们索取利益的人，不禁会想，到底是人之初性本善呢，还是这糟糕的生活逼得人不得不不择手段地为自己或者在乎的人，想方设法地攫取资源。这样想来，其实好像也能理解他们一些人的激进行为，因为毕竟他们还是有可爱的一面啊。

看着一步步从旧到新的沥青路，我心里也是百感交集，当驾车在这无人地行驶的时候，十分畅快，自己修的路自己走，也算是一种人生体验。

雨的多与少灾难论

千万不要觉得非洲干旱，一切不是亲眼所见的事情都不能完全相信。一场洪水把我们测量的同事圳明留在了对面，我在这头，他在那头，我的午饭在这头，他的午饭，也在这头。

不知道圳明，饿着肚子看着已经完成的测量任务被天灾摧毁是种什么样的滋味，一切又得从零开始，这种感觉就像你打了半天游戏，马上要打大boss了，结果突然断电了，而你却没有存档。

雨这个东西，少的话，就是美景，多的话真的就是灾难，这个理论，我在非洲得以证实。

盼了很久的雨季终于来临，可惜的是，是在我正在现场的时候来的，

雨大的让人跑都跑不及，最后我全身淋透，只好脱了上衣，在车行驶的时候把衣服风干，也是相当的刺激啊。

有位读者的留言特别想和大家分享：见证了这么贫穷的生活状态，我想对比国内，或者回国后，会更加热爱生活吧！看着那两栋房子，思考了很久，或许不往外看看，那就是最好的了。生在中国，真的幸福！

在飞机上过年吧

施工有个令人无奈的特点——突发事件真的很多。12月30日财务告诉我2019年1月1日我从广州飞肯尼亚，我12月30日买好12月31日从重庆到广州的机票（比高铁便宜），结果12月31日早上财务又说变为1月3日左右出发，不能确定时间我只有退票。最忧伤的是，上午才退票，下午财务就告诉我还是1月1日出发，因为项目有东西到了需要我从国内带，所以我经历了同一天同一个航班我买了退、退了买的情况。

2018年过年的时候我真正体验了一次国家搬砖工——三大箱行李，全让我一个人从广州搬到了内罗毕，再到边境，一共飞了大约2天半。

回到项目后，陆续有不少同事回国休假，老图也要开始第二年的过年驻外体验，你要问我驻外收获了什么，我真答不上来，除了回国减少很大的经济负担，我想应该就是一个世界框架的完善，也许未来某一天去到欧美会有更不一样的感触。但我觉得当下在非洲艰苦的生活，能让人对人性有更深刻的认识，珍惜生活，珍爱生命，珍惜在现代文明阅读的日子。

非洲的人情世故

在副营地有段时间，每天收班后我都要出去一趟，从一开始不认识那边的保安，到后来每天和他们用斯瓦希里语打招呼，有时候开开玩笑。

有天中午，我在车上睡觉的时候有人敲车门，我一看是一个以前不认识的保安。他问我："你要饮料不？"然后递上了一袋新的饮料给我看，我看了看说："要一瓶小的，多少钱啊？"他说："不要钱。"这是生活中莫名的惊喜，被突然不求回报地这么对待，我感到非常开心。

其实想想为什么惊喜，因为不管是非洲人、欧洲人，还是中国人，如果真的让别人感到发自内心的尊重，大家还是能够相处的比较融洽的，接触的不同的人越多，这个感受就越强烈，大家都在为生活四处奔波，都知道生活不容易，在工作中需要彼此协作。

从洛基乔基奥去到它的上一级行政单位卡库马，需要经过一个持枪哨卡，司机Sam带我去的时候，我看到司机和保安有说有笑，还要了电话。

我很纳闷地问司机："为啥你找他要电话，他不是美女，不像你的风格。"司机Sam来了句："待会回来我们给他们带点肉吃，用这种方式获得他们的友谊，以后过来有事可以打电话找他们帮忙。"只能说，真有种在"道上混"的感觉。

神奇的海外工程监理

　　虽然是国际工程，但是工程项目都会配备监理。监理是非洲人，他们的生活真的比我们滋润太多，有次一个监理把自己锁在屋里出不来，我们同事去营救他，结果发现人家早上吃的是面包、香蕉、西瓜、牛奶，而我们有时候早起还不一定来得及吃饭，同事说再也不想去监理那儿了，生活落差太大了，跳槽当监理去吧。

1. 佛系监理 Osborn

　　有个我比较喜欢的老监理Osborn，一大把年纪了看到谁都哈哈地笑，最爽的是不管遇到谁的工作面从不故意找茬卡着要钱，没啥大问题都是"过过过"。

　　Osborn是一个头上没啥头发的老头子，每天一看到他就看到了我工程段通过的希望。有次周末我带了个保安出去溜达，路经一个酒店，本来进去看孔雀，结果经过一间房子，房子主人一开门竟然是Osborn，那种意外和惊喜，硬生生被他拖着在那聊了一个小时。

　　他老喜欢和我宣扬："我们喝的水，呼吸的空气，Osborn和Abel（我英文名字叫abel），我们都是上帝创造的，虽然我们肤色不同，但是我们都是上帝创造的，你信上帝吗？"

我先给他看了看我的手臂，说："现在我们的肤色差不多了。"然后指了指自己的心，告诉他："我信这里。"Osborn也是一路经历了不知道多少事，才从一个承包商成为了一个监理，我特别喜欢他每次都哈哈大笑的样子，我们都称他是佛系监理，他也是极为难得的我看到了就会特别开心的一个监理。

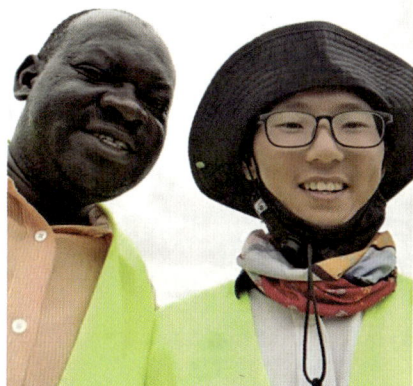

征求完他的意见，我说让我给我的故事加上你的照片吧，他很高兴地和我一起拍了合照，然后还一个劲不停地说："我怎么那么黑，我怎么那么黑。"

可能在非洲待久了人的肤色都是比较深色的，所以一开始没注意，回过头看是真的黑的很健康，我说："我最近写我的故事竟然挣了一些钱，要是有一天真的出书你一定要买啊。"

他说："你一定要发英文的给我，不对，中文英文一起，我要用我的Facebook转发，告诉他们这是我最好的朋友。"（其实非洲人老喜欢把朋友、最好的朋友挂在嘴边，似乎很难辨别友情的深度。）

他特别可爱，因为中午我们不回去休息，他有时候下午来得比较晚，我需要查看现场情况发现找不到人，结果突然发现，人家已经把车停树下正歇凉呢。

2. 监理小胖子 Raphael

这个监理是个小胖子，不高，初级监理。有个特别搞笑的事，平常我们一天的工程段（8：00~19：00）才通过10段左右，结果那天早上刚9：00，监理Rapheal在一个小时内通过了15段，因为每次通过实验监理会去取样检测，所以他的实验朋友发了短信记录这一天：谢谢你在2018年8月7号成功把我累死。

有时候监理的逗乐也是非洲的一种欢乐。

监理小胖子Raphael从我回国前一直说他和我的约定，让我带他去中国玩一趟，他出去的机票，我出食宿和回的机票，他则带我去肯尼亚的动物世界马赛马拉玩。结果没想到我的一个遣送，打乱了所有的安排。最后他每次都拿这个说事。

工地有时候很无聊，监理小胖子Rapheal，有次我在路边碰到他，我就跟他说："上车上车，我们去下一个检查点给同事老罗一个惊喜。"他不仅非常配合地上了我的贼车，还象征性地用他的包挡住脸，不让人看清，想来也是挺可爱了，还一个劲地给我说："你们太多工作了，给我这么多报检单，背着太重了。"

趁着周末，心想和监理打好关系，在监理的怂恿下去了教堂。虽然我一再解释我只是好奇想去参观，但是监理似乎很想把我拉进组织。于是成了：我傻兮兮地听着他们在那用斯瓦希里语祈祷，不死心的监理难得特别耐心地用英语给我翻译每句话的意思，担心我听不懂甚至还写在本子上，

真希望每次报检我工作面的时候也能这么细心。

不过自从一起去了教堂以后，监理似乎对我熟络很多。第二天当地人一个个都还很惊喜地问我是不是去教堂了，好像去了教堂就成了他们的人了。不过还是感谢监理耐心的翻译，以及教堂的歌舞欢迎。

后来因为要走了，开始回收一些肯尼亚的外债，监理小胖子Rapheal就是欠我外债的一个。当上门收债的时候，他本来欠我1000当地币，结果给我拿出一堆20一个的硬币，数得我怀疑人生。

3. 宠女达人监理肯尼迪

这监理的名字叫肯尼迪，才来那会，总是把我搞得狼狈不堪，让我过着狗也不如的返工生活，后来熟了以后，发现他也是一位很不容易的父亲啊。

每次看到他和家人通话，我就揶揄几句："这个月的工资又得全给女儿当学费了？"因为他女儿上的是国际学校，一个月学费一万多人民币。

虽然总是觉得监理的生活比我们舒服太多，但是偶尔遇到他们也惨兮兮地躺在车上休息时，不禁感慨，生活都不容易啊。肯尼迪监理，每次下班前都会问我人工、机械配置，不厌其烦地记在他的小本上。

有一天的黄昏时刻，我向监理肯尼迪抱怨："你看你们18：00就要回去了，我还得干到20：00，白天被领导催进度，被你们卡进度，工人没水了找我，饿了吃饭要找我，去个厕所还一溜烟排队过来给我请假。工人做错了事吧，我骂了是让自己生气，我不骂下次他还会给我更大的惊喜，你说人生咋这么艰难啊？"监理来了一句："我懂，我年轻时和你一样，也当过工头。"

听到监理的话我十分纳闷：原来我是工头？你年轻也这么苦干嘛之前把我整得每天像条狗？

4. 功夫监理 Basil

Basil 是那个让我等他结果让我有偶遇的监理，其实我跟他关系挺好。有天我去找他玩，发现他住的地方真比我们好太多了：有客厅、厨房、独卫、冰箱，他自己装了音响电视，还和老婆住一起，这个就是驻外工程人比较爽的状态了！

（友情补充：承包商一般在住宿各方面待遇不如监理，因为监理的费用都可以计量。）

我一直叫他"功夫小子"，因为他特别喜欢中国功夫。

5. 回国后都在联系的 John

一大早碰到实验监理 John，他问我："你啥时候回去？"我说："下周。"他说："我会记得你。"我说："你是个很好的监理。"结果关键的一句来了，他说："给我你的 QQ。"

这大概就是，中国文化传播到非洲吧，后来我们还留了微信，我们会时不时地在节假日互相问候，过年的时候他还打了个视频电话给我和家里人祝福。

6. 搞怪的画图监理 Steve

在办公室画图的时候，我遇到了一个特别奇葩，或者说是有强迫症的监理，算多了 0.001 立方混凝土，他打死不干，现场又缺图纸，等着这张图纸批下去，才好施工。结果就因为这个 0.001 立方，他让我重新画图，关键那会我们的打印机坏了，镇上的打印机也坏了，所以只有去监理那打印。

这奇葩监理怎么都不同意，说："你在这打印要浪费我们的钱。"气得我不得不来了句："你真是有一个会挣钱、能省钱的好脑袋，我都要离开肯尼亚了，我们不是敌人，先把图纸批了，没必要因为这个小问题耽误现场施工，你去中国的话，还可以找我玩。"

没想到他居然来了句："不不不，我不会去中国的，你会开枪打我。"

好吧，奇葩监理年年有，现在是一年比一年多。

后来慢慢和奇葩审图监理 Steve 熟络起来，因为我没事就跑去他那儿蹭空调，还给他带过几次小东西。

让我惊讶的是，他不知道从哪听到的消息，知道了我曾被肯尼亚海关关小黑屋和遣送的经历，他就一个劲儿地和他认识的人介绍，他们都觉得好笑。有一天我和他加班批复了 4 幅图，为了庆祝，他竟然破天荒地请我喝酒。

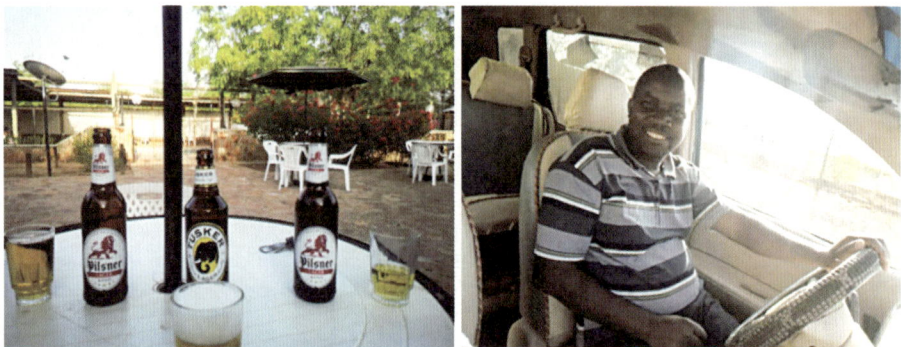

可是我们没车，我又不能辜负他的一番好意，无可奈何，两人一路沿着公路走到酒店去喝酒。半途遇到我的熟人骑摩托车，于是我们坐上了摩托车，摩托车开了一半，去加油，结果又遇到了他的熟人开小车，于是我们这一路经历了徒步—摩托车—小车，最终和监理喝上了一象配两狮的啤酒。

　　我永远会记得这脑子里满是钱的"搞怪"监理。

头大的中国 boss 们

已经被非洲人打扰得无奈的驻外人们，为了避免误会，不得不在窗户边用英文写下："如果你要找罗先生，就等着别走。"不然非洲人就会看到个中国人就问："Where is Luo？"但是我们项目上有两个姓罗的啊……

干海外有多不容易：以前在副营地的时候，晚上一听到车开进来就特别怕，觉都睡不着的那种。因为那会我负责代管土方队，有车开进来，就证明有车坏了，晚班就可能出不了成绩，第二天就没有工作面。我以为我那会儿已经很惨了，然而后来听领导说隔壁项目有个领导，每天坐在办公室，见到窗外有人影晃动心里就发虚，因为每天都有很多非洲人找他麻烦，项目问题特别多，一见到人影晃动他就知道又有人找他麻烦了。他巴不得找个黑屋把他自己关起来，听说后来还专门给公司写了一封信想离开，因为都快心理抑郁了。

一年，漂泊

一年
我从中国飞到了非洲
共九千多公里

一年
我从中国城市来到破败的非洲边境
四处枪支泛滥

一年
我从初出茅庐的小鲜肉变成非洲人口中的"boss"
但是我可能和他们儿子差不多大啊

一年
我在一个国家一年内经历了两次甚至差点三次总统选举
所谓人权与自由

一年
我从不知生活为何物到真正自力更生
开始知道生活的艰辛

这一年
非洲的雨季把老图真的熬成了老图
白天是身体的阵痛
晚上是灵魂的煎熬

这一年
也一直在问自己
谁会是我的天涯

这一年
也一直在问自己
谁又在等着我回家

这一年的非洲岁月啊
就像沙漠中的泉水
成为了生命长河里最闪耀珍贵的东西
也像冷藏的冰箱
储存着容易变质的东西
每当生活艰难，不知目的时
我就会想想在非洲的那一年
那么难的日子都熬过去了
还有什么更难的呢?

从边境搬砖到央视《开讲啦》

你的努力其实并非没有成效

只是它们以一种看不见的方式

在酝酿、在隐藏

然后在某一个恰当的时候

惊喜

不期而至

……

本来是一个远在非洲边境的辛苦搬砖人，却突然转身步入央视的节目舞台，说实话这反差我一时半会也没能接受。

十分幸运，我能够受邀参加央视的《开讲啦》。

最初我在公众号后台收到邀请时并不是特别相信，因为八竿子打不着，我还不停地希望对方能帮忙出示一些证明。

现在想来当时真的挺尴尬，很感谢导演的宽宏大量，不和我计较。当我看到公众号的读者给我发的一些消息的时候我才开始刻意去关注，再看了一些知名博主的转发才真正确认，可能真像导演说的那样，我就是一个死板的典型理工直男。

幸得领导的特别支持，于是我交代完了手里的一些工作后，开始奔赴肯尼亚的首都——内罗毕。

在偏僻的边境小镇待了一年了，突然能去到其他的地方，真是相当地开心和兴奋。当然我也真的怀疑，是不是待的太久待傻了。

一路颠簸，坐了大概四个小时的乡村路的车后，我感觉心和肺都要颠出来了，那个时候我就知道为啥要跑这来修路了。

路上遇到了好几个从西班牙去到项目周边的人，真的是太久没有见到过相同肤色的人了，心情是极好的。

一路颠簸到了内罗毕，因为他们第一期录的是肯尼亚大使的一个节目，所以就聊了几句没有多说，但是突然发现，受邀请的青年代表，其他三个有两个我都认识。环球旅行的张明和李新咏，我在之前便一直关注着他们。最后这场《开讲啦》一不小心变成了网友见面会。

当天也是特别的幸运，和中机的一个网友见面吃饭，聊得特别投机，感觉这场内罗毕之行快成了网友的见面会，志趣相投的人果然总有一天会相见。

后来就趁着比较闲去超市狠狠购物了一番，毕竟一年没进城了啊，这一次进城估计得管一年。我打算给项目部的朋友们带一些当地买不到的零食回去。

这里不得不吐槽下，买了特别大一袋吃的只花了3000肯先令（200元人民币），这在洛基乔基奥估计得花6000肯先令，这个时候我深刻领悟了老祖宗们说的"要想富，先修路"。

节目组是真的特别严格，录制节目的前一天，很多台词改了又改，开始还想为自己公司的项目做做宣传，可惜未能如愿，还是得紧跟咱们"一带一路"的大方向，不能太局限。

其实后来我也问了，为什么那么多的人，特别像这次是中土总经理的一个演讲，偏偏挑了我这样一个在中铁而且是在肯尼亚边境的搬砖人呢？

导演说："因为很多人是被公司分到非洲的，你是自己想来非洲的，首先视角不同；再者，你做公众号，也不是局限一家，而是为了后面再来海外的数不尽的新人。"

这个时候，我是真的发自内心地感谢读者朋友们，感谢你们对老图这一年来的信任和支持，可以说，也是你们让我有了这个机会。

到了办事处后，我便进入了放松状态。在边境驻留的一年时间里，时不时会有一些说不清的心烦。本来中午十二点左右集合，结果我九点左右就到了，开始一个人在拍摄场地瞎逛。当人感到疲乏困顿时，只有不同的景色和体验的刺激才能给人注入新的动力。

这个地方很美，想想一年前才到这里的状态——迷惘、恍惚，前路有那么多的未知在等待着我去触碰和试探。看到刚来的几个见习生，感觉看到了去年自己的影子，原来一年可以过得那么不知不觉，现在第二次来到这里，感觉自己多了一种从容。

刚见到导演的时候，其实内心还是有些小紧张的，毕竟是第一次和央视接触，自己准备的一些问题和经历也是改了又改，央视确实很严格。

人到齐了才知道青年代表的组成队伍：尼日尼亚第一个女火车司机、马拉松运动员、环球旅行者、在非洲创业的"95"后小妹妹，还有一个从边境赶过来的工地搬砖人。这就是我们代表的队伍。

快到12：00的时候，我是有点紧张的，看到栏目组确实也特别辛苦——调试设备，搬运装饰物，帮忙化妆的小姐姐也忙得没有时间吃饭，只能说没有一项工作是容易和轻松的。后面就是长达3个多小时的录制了，中土赵总的演讲真的很棒，给了海外人很大的鼓舞。

节目录制期间发生了几件比较好玩的事，比如，无人机航拍我们挥手的画面的时候，我们一路挥手无人机一路飞，结果无人机一下撞到了一颗大树上垂直掉下来，这个场景可惜没有拍到；还有一件事是节目组搬运斑马时我们几个青年的对话。张明说："那个搬着一定很辛苦，我们去帮忙吧。"我一边说着"嗯，很辛苦，确实该帮忙"，一边掏出手机打开拍摄等着他们开始搬。

录完节目，大家打算聚一聚，也是特别奇妙的一场缘分，特别开心，因为好久没有见到这么多中国人，更是好久没有见到中国女生，差点都忘了怎么和妹子聊天……好在大家很多地方特别合得来。

讲真的，我挺佩服他们，不管是决心旅行闯荡，还是一个妹子跑来非洲创业。其实非洲这片土地真的很神奇，虽然她贫穷、落后，可能还存在一些疾病和战乱，但是仍然有那么多的年轻人为着各种各样的目的来到这里工作、生活，这片土地也为我们提供了很多可能。

在回去的路上，遇到几件特别感动的事。

第一个是我的水车司机，从我离开开始，他基本每天问候我一次，虽然有时候被这司机坑得很惨，也惩罚了他几次，但是我生病的时候他会问我好点没，我走了每天给我发短信问候，这样的家伙还是让人感觉有点暖啊。

第二个是在路上碰到了老朋友油罐工Morris，老读者应该知道这个家伙，本想去内罗毕找他，结果在从内罗毕回去的路上碰到他，可惜时间紧没有机会欢聚一下。最让我没有想到的是，两个和我一起工作过的监理也打来电话问我是不是回中国了，不时地问候这问候那。

和高总从内罗毕回边境的时候，真的有种在时光中穿梭的感觉。繁华发达的内罗毕是落后贫穷的边境的一个未来，而边境可能就是内罗毕的过去。我们就穿梭在这交错的时光中，成为这场穿越的建设者和见证者，想想也是人生一场有意思的经历了。

欧美移民非洲，非洲人只会中文

第一次回国的时候我带了不少东西，因为怕海关查我，所以看着穿着制服的非洲朋友，我用当地语一路问候过去，好在没有人拦我，还开玩笑地说："你用着我们的语言，我们用着你们的语言问候对方，大家相视一笑。"

奇葩的第一件事来了。

我去免税店买东西的时候，看到个非洲人在那儿，于是我用标准的非洲英语夹杂一些斯瓦希里语问他，结果他来了句："不（四声）要对我说英文（一声），我只（一声）会说中文。"我又转过去看了看他，发现他的肤色是黑的，不是黄的，说了一句："好的。"然后问他问题又条件反射地说了英文，说了半天他一脸困惑地看着我，我才反应过来：我要对着这位非洲人说中文，不然他不懂！

说实话，经过一年的工地熏陶，我早已经习惯了看着不是一个肤色的就说英文，让我对着非洲人不说英文只说中文，就像让我在非洲习惯了驾驶员在右边，回国打开左侧车门发现是驾驶员一样别扭。

紧接着第二件奇葩的事来了。

飞机上来了个特别奇怪的白人，我看他在那四处翻椅子觉得很奇怪，当我坐下，他就问："这个耳机插孔在哪，为什么我找不到？"然后就是我们一起在那翻椅子，就为了找耳机插孔，最后还是没有找到。

这时候来了一个非洲老哥，毕竟自家人对自家人的东西熟悉，老哥一下给我们指出在椅子扶手上，我俩傻眼了，相继惊叹："Smart！"

工地"狗"的悲哀之一在于，你以为相对于大多数非洲人你很有优越感，然而飞机上一些奇怪的按钮的作用全部是旁边那位神秘的非洲朋友教我怎么使用的，因为我已经一年没有碰过这些机械了，脱离现代文明社会一年了。

紧接着我就更加好奇地打量起旁边这位白人老兄，理论上讲，他不应该啊。我问他："你是哪国人？"他说："南非人。"我又问："不是你在哪，你是哪个国家的人？"然后他说："南非啊。"要不是看着他那纯洁友好的眼神，我真以为他是在逗我玩。紧接着我换了个方式问："你父母是从哪个地方来的，他们是哪个国家的人？"他说："我爹妈也是南非人，我们家从爷爷那辈世代在南非。"我顿时傻眼了，心想：难道是当年英国殖民没有来得及撤走的？结果这老哥开始和我说起他家的发家史：当年他的爷爷奶奶去到南非某个地方，觉得这个地方好美啊，干脆就在这生活吧。他讲了他爷爷奶奶怎么在南非种豆子，怎么在一块荒地上开荒，他又是怎么卖过滤器挣钱，一步步地颠覆我对这位白人朋友的认知。

还真的有不少从欧美移民到南非的，要问他为什么，真的是：因为爱。

一路絮絮叨叨半天，最后小哥要在泰国下飞机，说要开始泰国—以色列的旅行休假，然后还告诉我说："人生没有什么意思，我就想活得有趣一些。虽然你比我小几岁，但是你看我经历很多，看起来比你老很多。"

我说："那是成熟。"

小哥一本正经的回答："老就是老。"

我们告别的时候他强烈要求："咱两来个合照。"我说："那你得把泰国的旅游攻略发给我，我后面肯定会去。"他毫不犹豫地答应，于是有了这么一张象征性的照片。

没想到回国的日子也不是那么的舒适，我在广州吃了一碗20元的盖饭，打车去一个很近的地方花了26元，真是难以想象还要买房买车如何生存，不过没关系，我们还年轻，路还长，希望大家不管被生活如何摧残，都要乐观地生活下去，自己心态上想开点，毕竟哪怕不停地节约，攒下的钱也还是不够买房不是么？

一个中国人在非洲边境开的酒吧

不少朋友好奇我之前在非洲边境开的酒吧，现在就和大家分享下我之前在非洲开酒吧的经历。其实总结起来就是，原本想在非洲开个酒吧，结果却不小心搞成了电影院和放贷中心。

这个事说来话长，刚到非洲的时候，我比较天真地想着挣笔钱，然后就可以做自己想做的事，开一家自己想开的特别的店，这是当时的初心。文艺小青年嘛，总免不了有开酒吧的愿望，当时原本投资了一家在东极岛的青旅，但是青旅一直没有开建，他们就把投资的钱全额退给了我。

真正让我决定开酒吧的是当时我在非洲的司机，他因为生了很多娃但是养不起，所以他很想挣钱，他就问我能不能借他钱一起开酒吧。说来非洲人的算术真的很令人着急，我在第一次借给他1000肯先令后要求他一周内还我1200肯先令，我觉得这个买卖可以，同时可以趁机琢磨下怎么开酒吧。

我也不知道当时哪里来的勇气敢投钱，也许是因为别人开个酒吧一个月要花几万成本，我这个一年的成本也才4000元。

几个破铁皮瓦，一台电视机，饮料，这就是我第一个破破烂烂的酒吧，对，一年成本4000元人民币。

现在想来那会儿一是情怀，二是被那司机忽悠得够呛，当时想着不怕他不还我钱，毕竟他的工资是我发的。

结果，酒吧才开始营业没多久，我就回国了，不再出去了。

每个非洲人进入这样的酒吧需要500肯先令，在酒吧可以看电视里的各种电影，哦，对了，我的合伙人之前还想让我带中国的功夫片来着，想想也不错，中国文化远播海外。

后面就有意思了，由于酒吧经营不善，我采用了另外的协议，只要本金加借贷利息，不要酒吧的经营分红。

后面我就托我朋友帮我收取欠款，硬生生把一个酒吧生意做成了借贷生意，这就是我的非洲酒吧实盘，后来他基本还清了借款，好像利息没有还，我也懒得和他扯了。

再给大家分享下非洲的假发生意和屠宰场生意。假发生意我有尝试，但是因为当时回国了，买来的假发就成了成本堆积；屠宰场生意是欧美一家公司投资建设的，工业化流程确实可以让一头牛进去最后变成各种小块出来，还是很值得学习的，就是贵，听说投资得几百万美金吧。

总的说来，其实海外还是有很多机会的，不过需要你有敏锐的观察力才可以发现，抓住好的机会，积累一些当地人脉还是大有可为的。

别看，我是非洲笑话

（本节送给公众号"非洲笑话"的读者们）

自从项目隔壁的机场航线开通后，项目的伙食变得越来越丰盛了，时不时有新鲜的虾运过来，可以大快朵颐。要知道，一年四季只有牛羊肉也会吃腻的。

因为有时候虾到的比较晚，还有的虾晕机了，有的甚至不仅晕机，还在高空壮烈牺牲了，于是我们下班多了一个游戏，叫作"大家来捡活虾"。

临近离开的时候，天天嚷嚷着要回去相亲的测量同事圳明，不知在为他哪位心仪的女神，开始了贴面膜的保养之路，谁说土木都直男，我们也很爱美的。

每次想到要离开项目，说实话，还真是挺舍不得，这一年多，和这样一群战友在这经历这么多，我不得不尽量多地去记录，这样才不会遗忘。

其实去了海外一年多，有时候感觉自己没有干什么，毕竟工程博大精深，需要和前辈们学习的还有很多。有时候一些读者的回馈，可以让我在辛苦的工作中一直坚持写文章，每周写两篇，希望能给你们带来一些实际有用的，老图谢谢你们的认可。

非洲的自由与随性，也许能体现在车票上。一个在非洲"流浪"的网友说的，他们在埃及，坐火车的火车票，随意的让人怀疑人生。

　　临走前收拾了下行李，有一些东西可能回去比较容易买，但是在项目上比较难买到，我就留给了共同战斗过的兄弟们。还有那从九千公里外背到非洲来，没弹几次的吉他，留给吉他大佬浩哥，给他的时候，我们不约而同地来了句："有时间弹吗？"（因为项目工作很忙比较累，回去基本就想休息。）

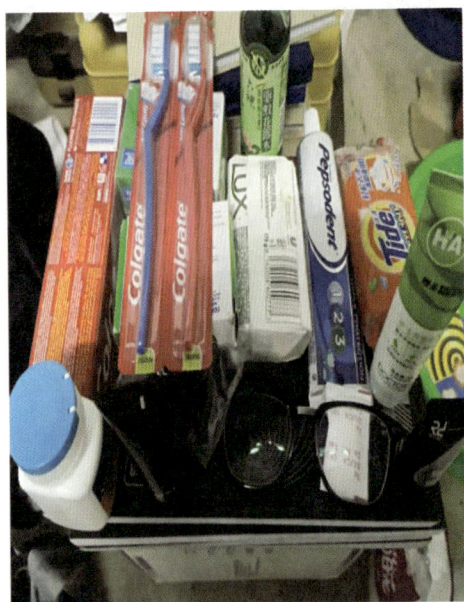

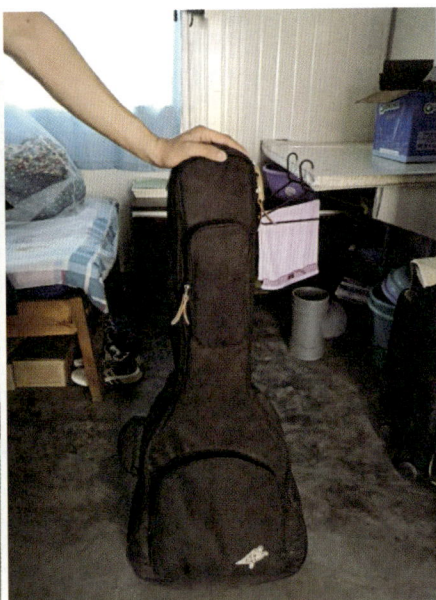

　　加上要回去休假的，我们一行共有3个人要离开项目。离开前一晚在项目践行，我们喝了很多，也说了很多，有的话这个时候如果不说，可能以后说的机会就比较少，正所谓有冤报冤，有仇报仇。

　　我记得那天我喝得晕晕乎乎的，刚哥，也就是我们项目的总工，拉着我们半夜去工地溜达，看看现场情况，涵洞打的质量如何。现在回头看，工地的生活确实很艰苦，但是我觉得很多东西我一辈子也不会忘，虽然人离开项目了，但是来自这个可以说是最艰苦的项目的一些传承，我觉得还是应该刻在骨子里。

车一路开，我一路看，非洲这片神奇的土地，吸引了很多人来旅行或工作，很多人抱着某种期望或者追求来到这个地方，这个地方也成就了很多人。不少一开始只是想来为更好生活奋斗的人，最后安家落户融入这片土地，成为远在他乡的异国人。

有个特别尴尬的事情，本来说好给一些中奖读者定制的礼物，都已经做好，做礼物的当地人还给我发了图片，结果临走前这人偷油了，紧接着消失了，一场心意功亏一篑，只能用普通的奖品代替。

到了北京，和测量同事去吃早饭，点了一碗兰州拉面，同事吃得真的是泪流满面，20个月没有吃过了，差点把汤都喝完了。

回去整理了下，这次还是从非洲搜刮了不少东西，还有一些没有翻出来，放在家里做个摆设，有客人来问起，每个东西能讲出不少故事，这也是很有意思的一件事。

回国后，和以前的领导一起聚餐的时候，听一些老领导说："我们那会儿，出去了回来，不知道能用微信和支付宝，还很担心不安全，只敢用现金，后来看大家都在用，才发现这玩意真好用啊。"这话里藏着的都是转瞬即逝了多少年的青春啊。

很多读者都很诧异，我竟然离开非洲了，其实一切都是冥冥之中自有注定。哪有什么绝对的正误，提高自己的认知，能够让自己在既定情况下做出最优决策，就已经很不容易了，剩下的就是跟着自己的决定去干吧，不管选择毕业来非洲也好，换合伙人也好，在机缘巧合下又再次选择回国也好，人生哪有那么多是非对错，一切其实都是基于已有认知下的最优解，最后结果是好是坏都是自己的选择。

非洲笑话，到此才真正意义上告一段落，我也不知道会不会还有其他的延续。不过还是要感谢那些离去的排版们，因为理念问题分道扬镳的赵老板，仗义出手帮忙的前同事老段，现在正在帮忙不断改进排版的文圆同学。不管在还是不在，这个非洲笑话都是有你们的滋养才在信息的洪流中，从零开始成长到现在。

喜欢非洲笑话或者舍不得非洲笑话的读者们，只能说声抱歉，笑话江湖再见，不过值得欣慰的地方在于，老图因为做公众号结缘了很多大佬，开阔了眼界，也跟他们学习了很多，受到了很多帮助，谢谢你们。

摘录大结局里两个比较打动我的留言吧：

（1）这位读者的昵称就是个逗号"，"：专门看了下，最开始知道老图是2017年10月30日在知乎评论区里提了个问题并有幸得到回复，老图开了公众号以后就关注了公众号。当时老图的建议应该说是采纳了的，没有纯粹为了钱去非洲，感谢。

非洲笑话从头看到结束，时间过得可真快，很多人都很喜欢，最喜欢59吧，恬静的夜空里呐喊。还中过一次肥皂石（007好像是从打赏的人里面抽的？记不清了）现在还在寝室桌子上摆着。

老图上央视的时候觉得，人生有时候真的很奇妙。所有的文字里钟爱《每个人，都有一座南城》。

7月即将入职某施工单位做人力资源，和老图以后也算是同行了，可以多多交流。

（2）微信昵称W.：这么快就结局啦，还真是有点儿舍不得。非洲笑话篇陪伴了我每个熬夜的晚上。看到那个007第一反应想到周星驰《国产凌凌漆》中的那首《李香兰》，happy ending。

下篇　地球修理工入门指南

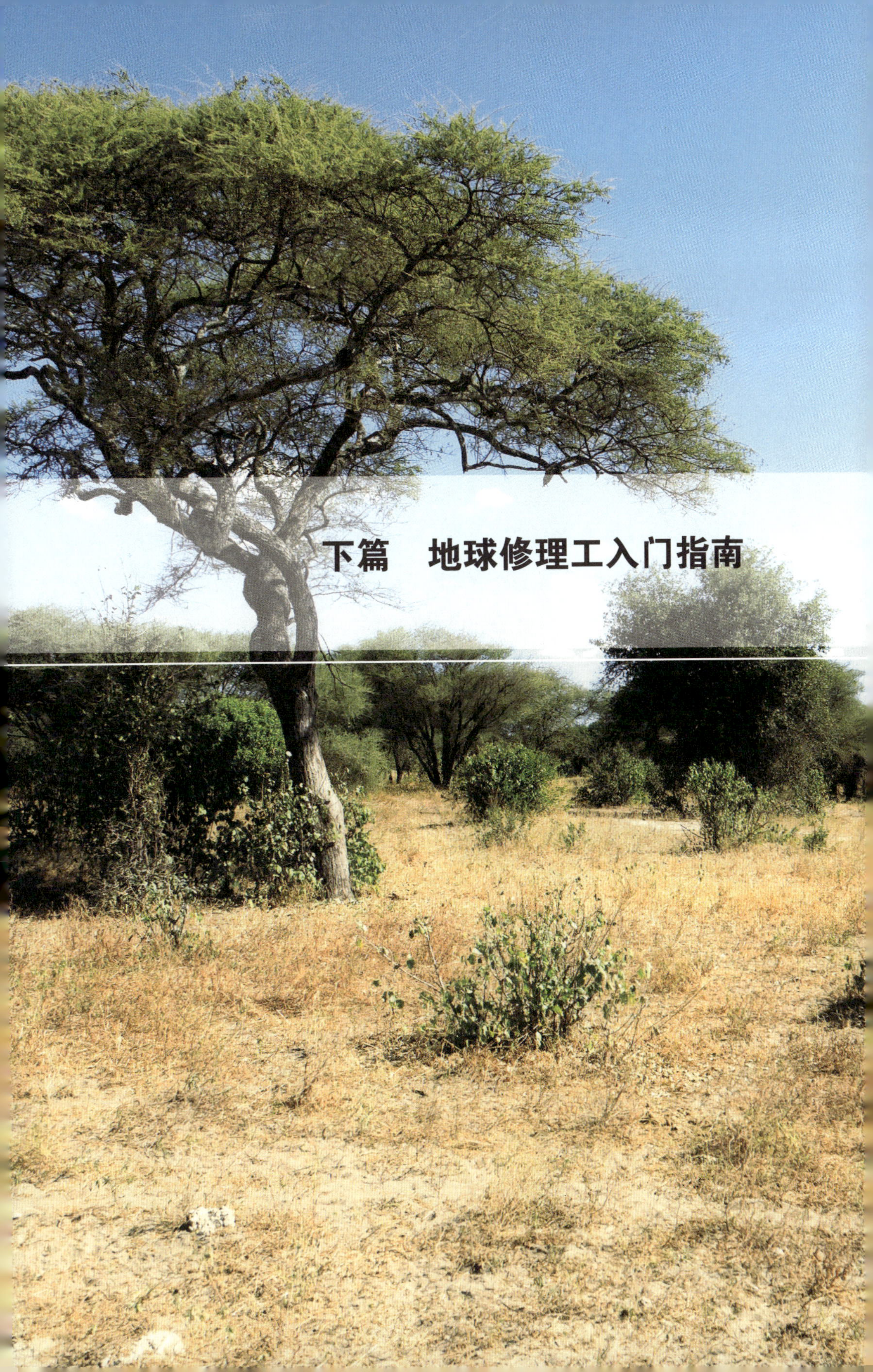

五年前我咨询过的事

因为一直比较喜欢记录生活，所以我的手机里保存了很多照片，占用了很多手机内存，因此我就会在出差或网不好的时候，清理下相册。忽然一天，整理到五年前，才签约海外的时候，我在网上通过各种可能的渠道咨询，并留存了一些答案的截图，有一些现在应该也有用，转成文字分享给需要的朋友。

当时的第一个疑问，是对于自己选择的不确定、害怕、惶恐，不知道做出这个决定的取舍是否值得，还担心未来遇到网上所说的漂泊和成家等问题，因此在权衡利弊。

感恩这位当时叫热心市民的知友的回答：这个就要看你自己取舍了，要是工程相关专业的话，特别是土木的，转行是很难很难的。海外项目不是签订五年就只干五年，据我所知，现在"一带一路"各个单位海外项目都是缺人的，只要你想做就一直能做下去。但是要是突然不想做，回国了，也不是不可以，只不过回去做国内项目，无论是工资还是其他待遇都会有些落差。如果你是土木的，恕我直言，干国内项目就不影响成家了吗？就不职业迷茫了吗？

第二个问题，关于能攒下的钱以及出去看世界，害怕自己在海外荒废了，想要趁着这个时间逼自己学点工程技术，这样回国不至于找不到工作。后来发现，其实我自己确实对工程技术不是那么有兴趣，反而对公众号、文字、自媒体等感兴趣，没有孰优孰劣，哪一个能给自己提供更多的经济来源，带来更多自由选择，就把精力放在哪里。比如很多人，可能就比我能在工程技术上静下心，当时不少海外的朋友都趁着在海外准备一建，考完了一建回国。

但是我觉得有一个大原则，一定要有金钱外的收获。因为如果从海外回来，除了钱啥都没学到，竞争力也会低很多。如果不打算定居海外的话，就要保持对国内发展、最新商机、本行技术的关注，不要荒废光阴，给自己回国的生活多点保障。

热心市民回答：

（1）关于出去看看世界，我觉得其实外面也没有你想的那么好，无非是环境空气，有些地区确实比国内好，没有那么多的房屋建筑群，但你出去后会觉得，还是中国好。

（2）关于逼自己多学点东西，这点看你自己的个人毅力了。不过海外项目一般都是待满几年后，每年都能回国探亲的，如果你应届毕业出去，五年也不算什么，最多就是再单身五年，但是有一点，在国外待过，只能算一次经历，不能给你的工作履历带来什么实质性的东西，至于是否留在海外，因为不是去留学，你难道要跟着公司干一辈子？自己考虑清楚，毕竟你肯，家人也不肯。

第三个问题是关于在海外晋升和关系的疑惑的。

回答：有能力又有关系的人很多，不是光有能力就够。说实话大家出来海外工作的，磨练个三五年就没几个不能胜任的。这个时候站对队伍，跟个好领导比别的都有用。

第四个问题是当时也想过趁着在海外继续深造，因为从小镇走出来的我，当时也有一种"国外读了大学就更好"的认知，现在回头看，确实当时的见识存在局限性，现在哪怕欧美国家留学回来，至少经济上的投入产出比也不一定划算。

回答：你好，我在约堡，如果你想读书的话，非洲其他国家不算了解，以我个人感觉，南非是比较不错的，国家很稳定（治安是存在问题的，但是个人出行注意的话还好）。南非国内首推开普敦大学，其次的话约堡的金山大学和比托的比托大学也都很好。你可以根据你自己的专业在 Google Scholar 里搜下相关的导师，然后联系下。这边华侨华裔老师很多的。试着联系下。

最后一个是关于职业规划问题，当时遇到一个在海外干了很久很久的前辈，机缘巧合下，同在一个群，那位前辈已经全家移民美国，也挣了不少钱，对我一直也很关照，很耐心地回答我很多问题，非常感恩。

回答：磨练自己成为海外项目的专家级人物，项目就离不开你，代价就是离不开非洲。海外大有可为，至少能保你四十岁之前有退休的资本。

虽然已经离开非洲一两年了，但是无意发现当时的这些心境，分享出来，希望对同有疑惑的朋友，有所帮助，也算是回报这些当时对我善意有加的前辈。

在非洲工作安全吗

看到知乎上有朋友提问：在非洲工作安全吗？

和很多驻外交流群的朋友们之前有过沟通，基于此我回答了下这个问题，希望能帮上要去非洲的新人。

非洲的安全问题主要注意这几个方面：疾病、政局、当地治安、心理安全。

1. 疾病

非洲，除了大家熟知的疟疾，还有艾滋（洁身自好一般没问题）等，是对要去的人的一种考验，尤其是你原本身体就不好，去了那边如果身体不适，需要做个手术啥的，那真的会很吓人。

之前我真有朋友遇到过，急性阑尾炎，当时发作又不敢在非洲动手术，风险太大，好在联系了多家单位，有个维和部队的中国医生过来帮忙。所以你会看到很多驻外招聘的需求——身体健康，甚至有的会需要你提供病史，其实这种要求也是对双方负责，毕竟你万一出什么状况，对谁都不好，所以要去非洲的朋友，对自己的身体状态一定要有个大概了解，不隐瞒病史，对自己和公司都好。

如果自己容易感冒或者有些小毛病，出发前也一定要带好药，因为非洲很多药不好买。

2. 政局

出了国门，特别去到第三世界，你才知道，祖国多好，有个稳定的社会环境多好。

拿肯尼亚为例，我去那会儿刚好赶上总统选举，基本这种情况在非洲都会流血，我们当时甚至提前预备了逃亡路线，万一暴乱怎么撤离都预演了。

结果，人家选总统，都选了两次，那会才去，其实还是有点担心的，但问了一些当地人说问题不大，便安心待下。

而这样的情况，不止发生在肯尼亚，其他很多非洲国家都是这样。

3. 当地治安

一般政局不稳定的地方，治安也不会太好，为什么还要单独拿出来说，因为枪支问题。

走在非洲的大街上，你有时候是能看到枪的，像我们在边境或者在其他偏远地方施工的朋友，对枪更是见怪不怪，13岁的小娃娃背着枪去放羊的事情不是电视剧，在非洲就是真人真事；为了一头羊引发血案不是悬疑剧，也是真人真事。有点搞笑又心酸的是，我们当时的领导还提醒我们出门一定要带点现金，不是怕没钱买东西，而是怕被抢的时候拿不出钱就会被杀害了。

所以，保护好自己，安全地去，安全地回。

4. 心理安全

把心理单独拿出来，是因为驻外，真的是寂寞孤独，独在异乡有时候内心饱受煎熬，哪怕我现在的工作也是独在异乡，但是想想还是驻外更难。

特别是语言不通的朋友，更是难受，因为之前遇到过，有人待久了，真的可能精神待出了问题，自己一个人莫名其妙地跑到另外一个国家边境去了，把所有人都吓了一跳。

所以如果有一些心理上的困扰，一定要及时和家人、朋友、同事沟通，特别像疫情期间的那种情况。

以上是非洲客观存在的不安全因素，每个人的具体情况不同，你可以根据这几项和自己能接受的一个程度做一个衡量，你就能得出对你而言，去非洲是否安全的答案。

毕竟我们还是有那么多驻外人员，那么多人在非洲工作生活，平安回来，当然也有一些令人惋惜的例子，所以希望冒着风险出去的朋友，都能有所得地回来。

在国外做工程，是怎样一种体验

不少人咨询过我，海外的工作到底怎么样？那边的生活又到底如何？也是因为一位知乎读者，在我三年前一个留言下面的提醒，才有了这篇文章的诞生。

人对于未知的事情，除了迷茫，还有本能的恐惧，因为不知道到底是什么样子，到底会发生什么。

很多人听说海外工程都是去欠发达地区，听说那里抢劫、暴乱、疾病丛生，好像去了海外就是去了地狱，不少人哪怕签约了，在听说了一些事后，也会突然毁约。

其实上面说的一些情况是存在的，但也没有那么张夸。我记得我第一次在肯尼亚下飞机的时候，确实也产生了极大的落差感和本能的失望，但是后来在非洲的生活，让我也有了一些客观的想法，给大家分享，供大家参考。

1.待遇情况

不少人出去，最关心的就是自己的待遇问题，毕竟大多数人都是为了挣钱以便有更好地生活。一般来讲，对于同届的毕业生来说，在海外的收入确实高于在国内的收入，月薪能拿到五位数的不在少数，关键是你去了海外，相比国内从事工程工作的情况下，花费少很多，所以也比较容易攒钱，为首付或者第一桶金做积累。

唯一可能有点夸张的就是，一般海外打工人回国休假的时候，由于一年没有花钱，往往会进行报复性消费，一个月花几万的，不在少数。

2. 职业发展

未来的土木大概率还是要走出去的，所以如果也打算在土木行业长远发展，出去占个坑，也是不错的选择。

一般职业发展的情况，短期内，财务商务人员的升职比土木相关的岗位更快，但是土木相关是个大后期，一旦经验技能积累完毕，升职技能点亮，就会甩之前比他们升职快的其他专业人一条街。

毕竟，这是土木行业。

3. 个人情感

个人情感，主要包含的有：家庭、爱情、友情。

因为远在海外，确实家里很多事你没办法参与，很多人逢年过节都难以回家，有句话说的好："我拿起砖就没办法抱你，放下砖就养不起你。"

很多时候这都是工程"狗"、海外"狗"不得不面对的问题和困境，特别随着自己年龄的增加，家人也在老去，越来越需要你。结婚的没办法常年陪着伴侣，未婚的苦于找不到对象，有对象的又担心和对象走不到最后。

昔日要好的朋友，也因为我常年在海外，缺少共同的环境和话题，只有在人生重大的节点，给予一些问候与寒暄，但还是难以避免地渐行渐远，这不是悲剧，而是现实，依然是朋友，只是缺了一些什么。

4. 个人成长

因为个人职位和经历，也见过很多从海外辞职的，大多数都是干了1~3

年，很多人最后走的时候，多少有些后悔，不过这都是自己的选择，没有任何人强迫过，离开的不是逃兵，留下的也不是勇士。

现在回头看，我觉得两年的海外生活，还是使我成长不少。正如我当时想出去的时候辅导员告诉我的：会更加独立，经济上会好很多。

搞工程的很多时候，你就像一个分包商队伍，工料机给你，你组织安排产生最大的效益，用最小的成本换来最大的收益。这里面的门道很多，比如怎么与人相处、怎么合理组织、怎么管理协调、怎么激励惩罚、怎么处理突发应急事项等，在海外干过的人，在这一方面都特别有话语权，虽然这些经验，看起来只能搞工程，但是里面的行为逻辑，其实也适用于其他工作，还有创业，底层逻辑都是相通的。

和工人打成一片，人家也才能更加开心地和你一起工作，非洲人在恶劣环境下的一些乐观、豁达、通透也是值得人学习借鉴的，虽然他们没有国内车房的压力，但是同是原生态社会走过来的人，我觉得不管在什么环境下保持一个好心态，也是值得我们学习的。

5. 回国以后

怀揣着第一桶金，不少人回国了。回国后，也有不少人发现，国内挣钱真难，花钱真容易。

不过当我回国后，还是很感激海外的那段经历，首先是我自己确实喜欢海外这块，抛开对未来家庭的影响的话，各种不同文化冲击给人生带来的丰富体验，经济上压力的减轻，还有正确应对压力的能力，以及这个公众号的成长，都是海外经历带给我的。

以上，都是我对海外工作体验的一个系统整理，难以完全针对每一个人的具体情况，这也是为什么对于不少咨询我的读者，我都会问个人的具体情况和打算，因为泛泛而谈很难有确实可行的可操作性建议。

关于管理的一些想法

如果有经验的非洲"老司机"还好，就怕很多刚毕业的年轻人们，社会经验基本为零，面对不同的文化语言背景下，比自己可能大好几轮的非洲人，成为一个小团队非洲人的管理者，因为年轻没经验，很有可能一开始会被忽悠，导致一些没有必要的损失，所以才有了这篇文章的诞生。

第一，在工作面前，没有年龄与性别，只有职位。你是老板，你就做老板该做的事，不管员工是否比你大或是不是异性，做错了，该说就说，有的应该当众批评的就当众说，有的应该私下说的就私下说，毕竟都是人，有时候要考虑下别人的尊严与面子。你不说，最后他犯同样的错误，你会被你的领导骂。

千万不要觉得，他比你大，比你高，比你壮，你心里就怕。其一，你是他老板，如果你不给他工作，他可能生活会很难；其二，当地的很多技术确实落后，你掌握的很多中国的技术或者是处理问题的方法，比他们科学合理很多。

当然，工作归工作，工作的时候该说的说，工作完了该开玩笑的开玩笑，有的工人还是很有才华的。

第二，合理的利用工卡。工卡是管理的一个很有效的手段，工卡上面的划工意味着他们这个月月末能够拿到的钱，早晚上班前要点名划工。早上点名是为了做准备工作以及防止有人混水摸鱼，晚上点名签字是为了计算工人当日加班时长（因为这也是一笔很大的费用），同时还能提前安排下第二天的工作，避免第二天一来浪费时长。雇佣当地非洲人的费用也是成本的一大部分。

第三，带好工头，学会用人。每15人中选一个老实并且比较聪明勤快能管住其他人的当工头，工头工资比较高一些，同时给他一定的权力，树立一定的工头权威，但是不能让工头占据所有权威，可以让他负责平时协助管理，有的管理工人的矛盾转移给工头去处理，因为他也想在你这表现好，多挣钱。

第四，一定不要在现场开除工人。遇到现场要开除工人的情况，要转移矛盾，给警告信，说是从办公室发出的警告信，让工头给工人，避免工人情绪激动，不管从自身安全还是现场施工进度的角度考虑，这个矛盾要转移到工头和办公室。因为室外现场你是孤军奋战，产生冲突会吃亏，特别一开始刚到一个人生地不熟的地方，大家互不了解，很容易互相猜忌引发更大矛盾，这种情况下一定要这样做。

第五，学点当地的语言真的很重要。不管是工作的时候给不懂英语的工人安排一些工作（比划加上一些当地语基本能懂），还是可以给你的非洲生活增加一些其他的乐趣，当地语都是一把很好的钥匙。同时也会让当地人对你的好感和遵从度直线上升，我就遇到过这样的事情，有一次在荒无人烟的地方和司机两个人抬抽水泵，人手不够，我用当地语招呼了旁边的"观众朋友们"，他们就一起笑哈哈地抬东西。

语言是沟通的工具，很多时候事情没办好不是个人能力有问题，而是没有沟通到位。

第六，有自己的底线。该生气的时候哪怕假生气也要让工人知道，他这样做是不对的，是会让老板生气和受到处罚的，让他长记性。

　　以上，是我在非洲对于管理的一些思考总结，希望对新来的非漂们能够有所帮助，让新军们能有一个稍微顺利一些的开端，毕竟都是一路走过来的坑，希望对大家有用。

非洲人教会我的那些非洲生存之道

很多非洲人做事真的奇慢无比。同样的一个项目若全让中国人来做，至少缩短2/3的工期，国内一年就能完工的项目，在非洲要三年工期。

解决这个"慢"的对策是：假生气、真着急。

下面将以如何处理和非洲当地人的关系为话题抛砖引玉，以期能够和大家一起思考，探索出好的方法。

1. 客观外部环境阐述

项目所在地为肯尼亚和南苏丹边境，当地在肯尼亚并不是特别受欢迎，因其偏远穷困，而且枪支管理松懈，与南苏丹常有小范围武装冲突，可能你的某一个工人家里不仅有枪，还有火箭筒（当然这是夸张的说法）。

当地人受教育程度普遍不高，解决问题的方式主要有大吼、聚众闹事等非理智行为，容易被人怂恿从而盲目跟风。

2. 个人实验情况

一开始来这儿，我的本意是好好对待和我一起干活的工人，因此对他们比较好，当时刚毕业，没有抓住重点，导致开始那会一些人得寸进尺。

后来因为进度和成本紧张，对工人相对比较严苛，幸得那会儿运气比较好，没有引起大的问题和反抗，不过搞得矛盾有些加重，工人有些反抗，刻意对抗工作的性价比不是特别高，也算是吃了大半年的苦，才渐渐有些自己的思路和做法。

在学习了很多领导教育的方法后，我尝试着改变，现在只能说工人还算听话，你说他至少会听，也能有那么一两个比较值得信任的可以帮忙做些事，比如给他钱让他帮我去镇上充话费，还可以时不时去他家拜访，偶尔一起去教堂参观他们做礼拜。下面说一些自己的感受供大家参考讨论。

策略一：平等与尊重

我觉得，不管非洲人、亚洲人还是欧洲人、美洲人，我们应该坚定一个信念或者意识：在生命面前，人人平等。

只是我们可能肤色不同、文化不同、国别不同，但是这个并不妨碍我们听到美妙的音乐会开心，看到有趣的事情会大笑。

尊重差异，尊重大家生存环境不同导致的行为方式的区别。

策略二：提高自身硬实力

学会厘清工作生活的要点。

因为你的工人，可能有的比你不止大一轮，有的遗传了马赛人的基因，长得人高马大，可能你在他们面前，你只是一只特别小的"猴子"。

但是，你要想，你是他们的boss，他们的工钱、生活，都指望着你，指望你带领他们好好干活后，把生活过得更好。

可能一开始，别人会不服你，没关系，都会有一个过程。当你展现了你对所做工作的专业，你自己搞清自己的工作怎么干得更好，他们会问你下一个怎么做，也会特别尊重你。如果同时，你还能有一个乐观的心态，可能大家还能过得比较愉快。

工作的时候对他们严格一些，这是工作需要。

策略三：学会"玩笑"

学会理解他们的文化和玩笑。

记得才来不久，就有人告诉过我，有的非洲人不懂感恩，你第一次给了他东西，下次不给，他还会找你要。

我想说是这样的，我也遇到过。但是我觉得，我们不要太在意给不给东西这件事，也没必要在乎结果，这只是自己的选择，而不是投资一定要有个结果。他们也问我要东西，我还回了一句："那你也给我东西啊。"结果大家就嘿嘿嘿地笑了，当个玩笑就好。

所以我的一个观点就是，做自己，开心就好，抛开那些个条条框框，好的我们留下，如果有碍好好生活的，统统拜拜。

策略四：真正的朋友

一定要在当地，有几个能稍微靠得住的非洲朋友。

对于"靠得住"我觉得有两个标准：

（1）忠诚于你。这是你与他长期相处，经历一些东西后，才能收获的很难得的东西。

（2）知道随机应变，不会傻傻地坑你。

怎么对付那些"妖魔鬼怪"般的海外监理

海外工程的监理和国内的监理之间一个非常大的区别在于，海外工程的监理，还是比较有话语权的，如果没有处理好和监理的关系，可能会导致你负责的那个板块的工程进度减慢。

我就自己过去一年多遇到的那些监理，给大家梳理一下通用的方法，如果一些方法对你有启发，那也算是欣慰。

应对方法一：海外监理，大多数爱难为新来的，或者说是爱给他新接触的对接人下马威。

说说我的一个切身例子吧。我和我师傅同样做普通填筑，同一个监理，我做的那会儿，监理就说我的压实度有问题等，没有我师傅的好，后来我师傅和我核查比较，发现那天其实我师傅的没有我的压得好。当时监理让我重压，我说："那好啊，我重压，你写个指令给我，我就立马重压。"后来他就笑笑自己走了，那个监理也就是之前文章中给大家提到过的，走之前我去搜刮他钱的小胖子监理，后来我们成了很不错的朋友。

一定要注意，除非一开始是你确实做的太差，如果确实是质量差，自己修正就好，但是如果是质量本来已经不差，他又找茬的情况下，你就不能妥协让步了，不然你后面的工作会很难受。

应对方法二：其实海外监理和承包商，都有一个制衡彼此的工具。海外监理有时候会故意找茬，卡控你的进度，让你对他服软，以达到他的目的。特别是刚毕业的学生，不谙世事，害怕完成不了领导交代的工作，容易妥协。但是不要忘记，承包商还有两项权利：对监理加班时间的签字确认权以及每个月协调费的发放权。

如果想要工程进度真正上去，理论上的状况应该是：承包商卡控着监理的加班协调费，如果监理乖乖配合，好，那就给他好好签。有时候进度完成得好，当成奖励多给点也无所谓，一切为了让进度创造出更大的经济利益。

如果有不买账的监理，其实也简单。我之前项目遇到一个现场监理，他负责哪个工作面，哪个工作面的进度就会很慢。后来我想着实在气不过，把矛盾往自己身上引，他的加班和协调费全部由我发放和签字，不然无效。最开始他也大摇大摆地向我示威，卡控我进度好几天，我也不怕，提前和领导商量好了对付这个监理的对策。领导也支持，我那几天进度慢就慢，也因此没让他获取到一些不应得的利益，关键他不会去找其他工作面麻烦。过了两天他看卡我没用，反而导致我也开始卡他的加班时间，就开始松了些。到了月末，他想要回家，但是没有拿到协调费，不能回去潇洒，我就用他之前对付我——卡控我进度的各种奇葩原因对付他，最后假装可怜兮兮地告诉他："你也看到了吧，我在这么努力的帮你争取，但是你看这个月我完成的这么少，肯定也不能给你争取奖励啥的不是？"从此以后每次他一找茬，我就开始用这个套路应对，百试百灵，当然有一些时候也需要点特殊手段。

应对方法三：其实海外的监理可爱起来特别可爱。我之前回国，在国内和他们联系的时候，一是帮他们买了一些他们想买的电子产品，二是给带了点小礼物算是维系客户。结果这些个监理看到来自中国的小礼物非常开心，至少那几天见面都特别开心地和我打招呼。所以给他们一些小恩小惠，效果奇好。

应对方法四：跟监理打交道，厚脸皮真的是一种必备技能，你要拿出对心爱女友不死不休的决心，要时不时地安抚监理那时不时的怪脾气，还要带他去吃点好吃的，"约会"一下，游玩一下，加深下感情。

离开项目前接触的制图监理就是，一开始连0.003方混凝土都和我扯不通过，后来在我再三厚脸皮下（虽然每次离开他那都骂他），和他混熟了，玩笑开多了，大家开心了，还建立了一些共同受益的约定。有时候他发现图纸有些小错误就会帮忙改了。临走前三天，还带我去喝了酒，从走路到骑摩托车再到小车，虽然还是觉得他很过分，但是还是感谢他磨练了我的厚脸皮，受益匪浅。

以上，都是老图在海外的实际经验和体验，如果有更好的想法或者手段，欢迎大家分享交流。

中资企业，怎么防止境外偷油

　　在海外的工程人，可能最经常遇到的一个事就是，老是被偷油，而且偷油手段层出不穷，让你难以预料。

　　偷油操作：

　　（1）常规的手段是司机开车偷油。在没有中国人的情况下，半小时的车程司机能开一个多小时，然后找各种借口，比如拉肚子、堵车等，多数时间都去偷油了。所以，当你看到路上停了一辆车的时候，可以停下来看一看，是不是我们同胞单位又被偷油了。

　　（2）高阶一点的玩法，是改装汽车油管，在里面加暗箱，同时还把油表也改了，这样看油表看不出问题来。如果你是一个才入海外的新手，那你基本就会被油表欺骗。

　　（3）还有更厉害的就是，在你眼皮子底下偷油，不仅"有勇有谋"，综合能力还很强，团队协作，勾结保安，趁你夜晚入睡之际，潜入营地开始他们的勾当。

　　魔高一尺，道高一丈，再看看我们中方人员又是怎么应对解决偷油问题的：

　　（1）制订罚款、开除等惩罚措施，加大偷油成本，因为偷油要是有把工作丢了的风险，至少会让一部分人不敢去做。

（2）发动当地人举报，如果有人提供哪个司机偷油的证据，一经证实，给举报人高额现金奖励，当然要保护举报人的隐私，加大偷油的压力，这样司机更加不敢偷油。

（3）如果公司专注该国家长期发展的话，公司出点钱，给每台设备装上GPS，有油耗报警，如果出现了油耗急剧消耗，就是偷油了。软件叫作手机查车，具体应该是跟客服沟通，这个我还真不了解。

（4）每天早上晚上开油箱用棍子量油，机械停在营地前量油有问题，扣司机工资；停放在保安守着的地方，晚上量完第二天一早量油有问题，扣保安工资。

（5）如果是公路项目，可以通过计算油耗、时间等，较为轻松合理一些地控制偷油。

（6）友邻的中方企业，互相看到类似的疑似偷油行为，也可以在自己的中方企业互助交流群发照片，以免我们中方公司的利益受损害。

海外"老鸟"给菜鸟的20条掏心总结

作为一个曾经的驻外菜鸟，遇到过不少经验丰富的海外"老鸟"，掏心掏肺地告诉过我不少防坑总结，现在回头看来，受益良多，故一一写出，希望能帮到有需要的人，让大家在外能够更加顺利地工作，更加快乐地生活。

（1）在非洲开会，你按照比约定时间晚1个小时准备就好，通知8：00开会，那么9：00人应该差不多能到齐。

（2）非洲修一条路，需要国内修同样一条路3倍的时间。

（3）做完工程，一定要找监理签字，日常记录，也是为合理变更盈利做准备，哪怕口头说的，也要找监理签字（FIDIC的精华）。

（4）面对业主，要做到对工程了如指掌，技术能力强，取得业主信任，这样谁都没话说。

（5）要知道在一些地方，宗教领袖的地位可能高于政府，因为宗教能为政治拉选票，所以初到一地，搞清人家喜好状态后，诚恳地带礼物拜会，处理好人际关系。

（6）和当地民众尽量搞好关系，多帮忙，多行善，入乡随俗，营造良好的外部大环境。

（7）回国的时候，也要去自己公司的机关，跟自己国内公司的上级多交流，埋头干活的同时也要抬头看方向。

（8）人文环境好的公司，一定要珍惜和师傅的关系，师徒情深，尊敬师傅，保持谦虚，有什么说什么。

（9）广交朋友是发展的基础，信任和坦诚是第一位的。

（10）在外一定和司机搞好关系，因为很多地方不允许中国人开车，把司机当成朋友对待。

（11）想办法让工人们工作的流程固化，可以提高工作效率。

（12）言是基础，苦练内功——语言、技术、学习方法。

（13）很多问题，你今天不思考，明天就会面临这个问题，因此要未雨绸缪，早做准备。

（14）工程就是，你自己干的越多，越有信心，前三年一定是实干，前五年都是打基础。

（15）技能是通过训练获得的，知识是通过学习得到的。

（16）没有目标的人在帮助有目标的人实现目标，目标小的人在帮助目标大的人实现目标。

（17）在接受上级的指示时，必须仔细聆听，你理解的意思不一定就是上级的意思。

（18）如果你在非洲，发烧到了39℃，就要往疟疾方面考虑了。

（19）干完一个项目，把细目材料等进行总结（比如土方大概真实单价一方干下来是多少等），至少干完有个东西，别干完了自己啥收获没有。

（20）保持好奇，别想太多，好好干活，享受工地生活，生活不止有苟且，也许还有狗屎，运气好还有狗屎运。

海外工程和国内工程的区别浅见

一直很想写一写关于海外工程和国内工程的区别，奈何没有真实的经历，这次也是借着一次开会后的感想，和大家聊一下我的感受。

1. 沟通交流

相对而言，海外这块需要你一去就能基本与当地人沟通，所以外语能力有一定优势的，去海外比较划算。像老图这种当时在学校学习 CAD 和工程力学的渣渣，但是英语过了六级，就根据自身的优势劣势选择了先去海外，毕竟第一桶金很重要。

虽然没料到兜兜转转又回了国内项目，但是真的哪里都有哪里的艰辛，机关有机关的艰辛，项目有项目的自由，自己觉得开心舒服就好。

不过国内项目，虽然才来不久，但是一个特别清晰的感受就是，这里也有一些沟通问题。

比如办公室的另外一个研究生妹子，是北方人，但是这边基本都是南方人，在川渝人较多的情况下，北方大妹子哪怕学历高，但是听着川渝话，也是一脸茫然。

这样算起来其实南方毕业的娃比北方幸福，因为北方说的普通话南方基本能听懂，但是南方说的当地话，够北方怀疑一天人生了。

2. 规范化

可能因为接触的是地铁项目，所以很多地方感觉规范很多，有专门的施工手册，项目基地（国外叫营地）也是从一些当地工厂直接租赁。

相较而言，国内设施更加完善，篮球场、健身设施、洗浴场所、一些娱乐设施、网络设施等都十分齐全。项目也是才开始，也有选址其他基地进行临建，想起当年我在一片荒漠中，一辆水车一辆自卸车建设临建的日子，真是不可同日而语。不过还是特别同情现场的兄弟，每一个真的也是晒的乌漆麻黑，然后还有费心费力的各种杂事。万一哪里给公司带来了损失，可能还会影响自己到手的money。

3. 安全方面

在国外，公司更多的是担心国人在境外的安全问题，我记得之前为此还听过不少相关的培训，甚至有提醒出门一定要带钱防止被抢劫时没有钱，被崩了的说法。

在国内的话，这一块更多是注意工人的安全，比如提醒他们佩戴安全帽，注意一些危险地方的标识等。随着社会的发展进步，国内对安全问题的重视程度越来越高，一旦有了安全事故，相关领导都要被问责。

也有听说其他公司有个项目因为出了安全事故，然后项目经理和总工进去了，很久没有出来，因为一直在调查原因。所以，在国内规范要求更高，特别安全这一块，是领导们头上的"达摩斯之剑"，当领导也是很不容易啊。

4. 便捷程度

国内项目，特别地铁项目给我最大的感受就是，坐车没有多远就是肯德基，想起了在海外一年好像只吃了不到三次的肯德基，真是心酸。

不过看自己怎么想，海外这样不容易花钱，但是你一回国多半报复性消费，国内特别大城市的话，这一块确实方便很多。不说其他，快递至少能到，缺个什么东西自己很快能买到，在海外缺的东西因为物流的不方便，可能你一等就是一年。

5. 人员情况

整体而言，海外项目组同事的综合素质或者说学历，感觉还是普遍要高一点点，我记得当时我待的项目，研究生就有好几个，再到国内项目，研究生好像只看到办公室的北方大妹子。

一方面，很多研究生，特别男生，毕业时年纪比较大了，面临经济压力较大，大多数会选择海外挣一笔；另一方面，研究生在国内的选择范围也比较广，我所了解的就有不少去了事业单位，还有考公、进甲方的等。

6. 其他机会

在海外做工程，我见过的一些其他出路有：被借调到大使馆的，考研后去外交部的，自己在海外做生意的，其他情况大多数都是为了回国，辞职后基本从零开始。

所以也有不少熟悉的前领导同事和我分享一些他们的心酸历程，哪怕他们现在已经经济富足，但是还是无奈回不了国，照顾不了家，因为原生家庭的不富裕没有办法在海外待着。

到国内项目，听说的就是从施工方到了甲方，从此成了项目经理接待的对象；又或者干一阵自己在国内做起了其他生意，活的也美滋滋；还有干了不少项目，给公司创造了很多收益，机会到来成为公司领导的。

不过我也问过一些同事，大家不约而同都不想自己的子女从事这个行业，印象最深的就是有个大姐跟我说她儿子和我一样大，她却从来没去给儿子开过家长会，不得不感慨生活啊生活，这也是当时一股脑就去海外的原因之一，反正也回不了家，还不如走远点挣多点，当然风险也高点。就像和一些回国的朋友聊，他们很多回国重新找到工作，不少是沾自己母校的光，海外在这方面和国内有很大不同，很多东西也要从零开始。

也是才到国内项目不久，开始新的打杂生活，把这些感受写出，分享给大家，希望让在海外和国内之间抉择徘徊的土木人，能有个参照，做出自己的最优解。

关于海外就业的一些想法之一

　　我毕业于某双非公路强校，大二时打算去到海外，大三签约中铁国际班，大四毕业来到海外，在肯尼亚和南苏丹边境开始工作。总结过去的一年，我从一个职场小白到半年后公众号积累上千忠实粉丝，再到有幸受邀作为海外工程青年代表，参加央视一套《开讲啦》中非合作论坛特别节目，也算是彻彻底底的从工地上成长很多。我将保证以一个客观真实的态度，给大家介绍我所了解的海外情况。

　　我给自己取名叫老图，是因为以前做义工支教时，在一节课上给小朋友表演了动画片里图图的动耳神功，故而被叫图图。后来老了，也就自称老图。后来做了个公众号"老图突击队"，用于介绍海外的一些基本情况，因为现在海外这个方面的信息量特别少，所以我争取尽自己最大的努力给大家一个尽量完整客观的情况阐述，希望大家都能去到自己合适的公司工作、生活。

——老图

1. 什么样的人适合去海外

　　首先讲一下去海外的目的，大致有以下几种：为了经济水平达到某种程度；为了在工作中晋升得更快，吃一波"一带一路"的红利；或者仅仅就想出去看看走走，体会下不一样的生活方式；还有的甚至是想把自己扔到一个与世隔绝的地方学点立身之本。不管你出于哪种原因，多问问自己的内心，到底想要的是什么，因为这样才能不浪费你的大好年华。

一般来讲，有以上想法的比较适合去海外，去海外的动因越多，海外的日子会过的更有质量一些。同时，最好你在国内没什么牵挂，父母身体健康，没女朋友或者女朋友比较支持，家人比较支持，具有一定的冒险和探索精神，同时具备一定的独立生活的能力。

2. 如何获得一份海外工作

去海外的途径很多，可以是校招，也可以是社招，还可以同学朋友推荐，网上也有很多招聘，特别是中字头的施工企业，目前对海外的人才缺口还是很大的。

具体要求：单讲讲我知道的施工方面，学历二本以上，家里兄弟姐妹多的，在校成绩好的（其中英语四级得过吧），学生干部或者说参与社会组织活动多的，英语特别好的，对海外真的是打算至少干五年以上的，身体健康体格非凡不易生病的，以上满足两个及以上应该比较容易进入央企的海外项目，满足越多能进的公司应该越好，这是校招的一个大概要求。社招的话，一般是专职专位，比如钢筋工、模板工、挖机司机、机修、商务、工程师等，一般公司越好要求越多越高。

建议大家能走校招尽量走校招，不管是为了以后的职业发展还是后期的福利水平。

面试材料：就简历而言的话，建议大家多准备几份简历，最好6份，也可以去我公众号后台回复，会有一些简历模板，最好选择简洁大方、重点突出的简历，这样让HR一目了然。同时简历里面的内容放置也是很讲究的，一般顺序为：扉页（上面写有你自己的专业、姓名、电话、学校，这也是你给面试官的第一印象，所以务必把门面造好）、简历、推荐信（中文一份，英语还不错的同学可以自己再翻译一份英文的，一般以自荐为主，不过学生干部或者大学霸这个时候可以发挥自己的优势让老师帮忙酌情美化一点写，不要太脱离实际）、成绩单（需有教务处盖章）、获奖证书的复印件或者相关活动的证明文件，基本会用到的就以上这些，记得用彩印，同时找复印店买夹子和塑料壳把所有材料整理好，给人留下一个好的印象。

面试交流：可能会有一些英文的，不过大多数还是中文面试，如果英文好你也可以主动用英语介绍自己，这很加分。面试的时候首先问候面试官，然后进行自我介绍，记住一定要自信，表现出自己的沉稳和吃苦耐劳的品质，你能经过层层关卡进入面试环节，已经证明自己的优秀，简单介绍完自己后，面试官会进行一些提问，随机应变就好，所以说简历不要偏差太多，不然面试官能发现你的简历不够真实。记住在真正签约前一定不要问薪资待遇等，这样很不好。首先，这是雇佣关系，人家还没想要录用你，你就问这些不礼貌；再者，刚毕业的我们，都是一张白纸等着实战让自己具备经验和能力，谈薪资是没有太大底气的。如果确实想知道，可以签约完毕后，再询问薪资、福利、休假、职位发展等问题，一定要记住，所有完了，不管能不能面试上，给人家一句谢谢，毕竟面试官一直面试人也挺累的。

3. 海外基本工作情况

海外工程的实习期一般为一年，研究生可能为半年或者几个月，出国之前可能有一个月左右护照签证之类的办理手续等待时间。海外的假期大概有两种，一是一周没有休息，但是一年可以休两次假，平均一次20天左右，带薪休假（国内的薪水标准）；还有一种是一周休息一天，但是一年只能修一次年假，一次30天左右，同样的带薪休假（国内的薪水标准），具体情况看项目，看领导。就我们单位而言，2~3周一定休息一天，一年带薪休假40天，行程可报销经济舱。就晋升而言，虽然和你同情况的朋友可能一开始去了待遇更好的单位，但拼到大后期他的薪资可能完全比不上你，因为职业发展也是特别重要的。

职务要求：像刚毕业不久的首要要求就是英语能日常对话，吃苦耐劳，因为确实工程行业钱多，但是也辛苦，所以吃苦耐劳和一个好身体的重要性不言而喻，还有就是身心的自我调节，大老远跑来海外多少都有些不适应，再加上工程行业本就有些与外部环境隔绝，有时候脱节大，所以就需要自己有个好的心理调节方式，可以利用网络与外界沟通。同时，像认真负责、爱岗敬业、诚实守信等职业通用素质也是需要具备的，因为你的一个疏忽就会给别人带来不方便或者造成不必要的麻烦。

4. 海外工作注意事项

注意事项如下：

（1）首先你要把护照、签证、黄皮书、健康证准备好。

黄皮书是一些疫苗的接种证明，护照就是你在海外的身份证，黑户口很危险。

签证：可以提前办理电子签或者落地签，落地签所需的材料为护照和打黄热病疫苗的小黄本，费用为50美金。一般大点的公司会给你准备好，实在是运气不好遇到坑爹公司只能自行查询以上怎么操作。

（2）多带一些薄长袖，一是防蚊，二是要注意这边天气会颠覆你对非洲的印象——有的地方真的凉爽，可以备一套厚点的衣服以防降温（这个以所在地为准，肯尼亚有时候下完雨真的特别冷），防晒霜、蚊子水是必备的，围巾、口罩、墨镜是必要的防护。男生多带几双袜子，以十双为基准，特别搞施工的，因为一是磨损多，二是防丢失。女生多准备一些自己的卫生用品，这边是真不方便。

（3）一定要带电蚊香、花露水、蚊帐，根据个人的具体状况，准备一些肠胃感冒之类的药品，这个过海关一般没啥大问题，如果被问到，就明确地告诉他这些不可能是毒品，不要心虚，据理力争，不要看到海关就怕，他们就喜欢利用中国人息事宁人的态度来坑我们辛苦挣的钱。还有就是如果个人对睡觉卫生要求比较高，可以自己带套被套，挑自己喜欢的图样，这边买没那么方便。

（4）一定记住不要下了飞机就拍照、抽烟，有的警察会用这个找麻烦。真遇到找麻烦的，只要自己确实有理，不要怕，千万不要用钱息事宁人，因为这不仅是为了你自己的利益，也是为了未来越来越多的国人来非洲，我们应该用这种方式一起捍卫国人的利益。

可以学一些当地语，像"哈酷拿"是"没有"的意思，"哈把迪亚孔"是"你好吗"的意思，初次来非洲会一些当地语不仅会让别人知道你是老江湖不会轻易难为你，同时也能增进一些友谊。

（5）用硬盘带些学习资料和电影过去。那边的娱乐活动实在是太匮乏了，不给自己找点事做会被逼疯的。可以给自己制订一个年计划，比如看完哪些书，或者哪方面东西达到某种程度，这样不至于去了海外除了挣到钱啥都没学到。

（6）充电宝、数据线、耳机之类小的配件可以多带一个，毕竟说不定在这里丢了或者坏了很难买到，可以自己带一个好一些的保温水壶，多喝热水对身体好。

（7）带一本法语词典或当地语的词典，便于尽快融入当地社会（虽然可能让你感觉回到了15世纪）。

（8）换一些小额的美金现金，最好还能有当地币的现金。出门在外带一些现金，防止被打劫掏不出钱，而且在当地买东西没有当地币或者美金是真的不方便，同时要准备些小面额美金给小费。

（9）条件成熟的话，可以提前买张当地的电话卡，但信号也一般，可以准备一个移动WIFI，因为初到一个陌生地方要是与外界还不能沟通真的折磨人。而且如果打算用国内号码，一定要记得开通国际漫游，这样便于接收一些验证码之类的，你如果在海外用的很多软件绑定的是自己国内的号码，切记开通国际漫游，但是如果去了海外有国内电话打过来，千万别接，短信和电话都贵死，你可以用你在国外的号码打过去，这样会便宜很多。

（10）如果有条件，可以选择带自己喜欢的乐器、书籍、球类等，增加海外的娱乐，我就大老远从广州背了把吉他来，虽然现在只会弹几首歌但是工作之余自娱自乐也让生活多了些乐趣。

（11）还有一定要记得，如果搞工程的话，放桩一定要带个计算器，不然你就只能用手机计算，极有可能摔碎手机屏幕，我已经摔两个了。

（12）都是出国搬砖的人，可以的话，出国前花个2000~5000元人民币换个拍照和储存等功能好点的手机，国外的一些风景可能一辈子就见这一次，记录美好时刻的同时是对工作生活的一个调剂，也能拍出一些好看的东西和朋友们互动调侃。

（13）如果近视的话可以提前配好3副眼镜，毕竟一出来就是一年，可能项目所在地配眼镜很不方便，万一眼镜坏了，特别影响工作和生活。

在海外没什么娱乐活动，虽然公司都在尽全力给大家提供最好的生活娱乐，但是不像国内还能时不时地唱KTV，或者吃吃夜宵，几个朋友一起出游等，因为海外有时候忙起来工作很繁杂，一些简单的不断重复的工作也会让你干到怀疑人生。

但这也是一个很好的机会，你能去到一些很多人可能一辈子不会去的地方，经历很多人一辈子也经历不到的事，像我就是在肯尼亚和南苏丹交界，用AK打过猎，去了世界闻名的沙漠之湖——图尔卡纳湖，也在沙漠见过鳄鱼，也尝过一些国内吃不到的野味，经历了两次总统大选。有朋友在三国交界，还有朋友因为项目调整从加纳再到斐济到多米尼克，一次来了个三国游，在海外你基本能天天全英语交流，这种难得的独处时光，就像一个毕业间隔年，可以让你好好地思考一下自己的人生，思考很多国内工作的人一辈子也不会思考的事情，也算是一种圆满吧。

至于最后的归宿，普遍的心态就是去海外捞第一桶金，也就是原始资本，因为回国之后可以解决掉房子的首付和车子，然后就是换行业回归家庭生活，目前有几个基本的去向：公务员、地铁、铁路、金融、高校、私企、外企、创业等。也有很多转行自由职业过上自在生活的。

从我这一年的感受来看，大家真的不用怕，不管海外是非洲还是东南亚，年轻本就应该闯荡，只要你是一个对自己有一定要求和约束的人，我相信不管在哪都不会差！

关于海外工程的一些想法之二

    海外工程的特殊性，在于它不像在国内，而是在自己大的原始的文化背景和语言环境下进展的项目组织活动。

    海外工程会涉及语言、心态、文化、疾病、突发事件处理、地质情况特殊、当地人文环境异常等情况，所以还是想就这些问题和大家共同探讨，有不当或者可以改进之处，欢迎提出意见和批评指正。

1. 语言

    为何把语言放在第一位？

    事实上，但凡你要进行或者开展一个项目，或者你自己想完成一件事，如果仅靠你一个人，是绝对不可能实现的，你需要和他人进行组织协作，大家各自发挥所长，才能比较正常或者高质量地完成一个项目。

    这个时候就必须要有交流，你不仅要日常语言过关，也要能很好的把自己的意思用项目所在国的语言表达出来。这个表达只有符合他们的文化环境和理解能力，才能开展组织活动。

    大多数项目在非洲的情况下，英语是必不可少的，关键在于敢说，可能一开始会特别担心不知道怎么说，但只要开口说了，就没什么大的困难。

我们项目我特别佩服的机修王哥，四十多岁的人在没有任何语言基础的情况下，来了这里自学了英语一年，从一开始和非洲人无法交流到现在基本可以直接安排非洲人完成一些简单的机修和保养工作。

所以，千万不要因为以前英语成绩不好或者说没过四级六级而觉得心虚，既然来了海外，就趁这个机会好好把自己的语言表达能力磨练一下，而且会英语也可以扩大在海外的生活圈子，不仅可以和中国人玩，还可以和瑞典人、巴基斯坦人交流，体验文化的多样性。

如果有兴趣，可以学一些当地语，像我所在的地方就是说斯瓦希里语，当你学了一些简单的当地语后和当地人打招呼或者开玩笑，工作真的会顺利很多，这个我是有深刻体会的。

心态之所以重要，是因为来海外的往往都是孤身一人。

有的公司比较人性化，愿意让你带家属或者女朋友，只是海外的艰苦很多人都知道真的不适合女孩子，毕竟咱们国家需要走的路还长，很难现在就能支持拖家带口共享天伦之乐，但相信以后总有一天会好起来的。

在海外没什么娱乐活动，不像国内还能时不时地唱KTV，或者吃吃夜宵，几个朋友一起出游等。因为海外有时候工作很繁杂，一些简单的不断重复的工作也会让你怀疑留在海外的意义，担心自己永远回不去，因为毕竟不可能一直飘在海外。

所以待在海外的时候，自己的心态一定要调整好，不然工作生活都会很不开心，可以发展一些自己感兴趣的体育活动，喜欢打球的打球，喜欢跑步的跑步。

海外的工作生活是很凄苦，但有时候换个视角，这种凄苦也是一种难得的人生阅历和体验，乔帮主不就说过：你不可能充满预见地将生命的点滴串联起来；只有在你回头看的时候，你才会发现这些点点滴滴之间的联系。所以，你要坚信，你现在所经历的将在你未来的生命中串联起来。如果想要实现自我，凄苦也是一种体验。

据我所知，海外晚上的自由时间比较多，可以充分利用一下，有人就用这些时间考取了国外的大学，开启同步体验，也有人健身强大体格，读书丰富内心，而且海外虽然生活条件不能和国内比，但是说实话那种大家庭的集体生活也是别有一番乐趣。

2. 文化差异

文化差异，是海外工作中无法回避的一个问题。

你以为的工作需要一丝不苟、严谨认真，人家就觉着应该配着音乐慢条斯理，开心就好，还有有不同宗教信仰的，时不时临时请个假去做礼拜，或者工作到一半突然双膝跪下感谢上帝，真的会让人哭笑不得。

如果真的疏忽了一些文化差异，当地人分分钟可以和你翻脸、砸门、烧轮胎，不会留任何情面。提前对这些情况有一些心理准备，遇到的时候不至于束手无措。

3. 疾病与安全

出来挣钱，大家肯定都想平平安安出门，开开心心回家。所以出来前，一定要根据自己的身体状况准备一些常用药，非洲疟疾比较多要注意防蚊，平时多锻炼身体，注意休息。在安全方面，要学会一些必要的自保技能，如果真的遇到抢劫不要直接把手伸进裤腰带拿钱，因为可能会被误以为伸进去拿枪而被伤害，要两个手指缓慢地在对方可见的情况下伸进去夹出钱，出门身上多少带点零钱以防万一，少去危险人群聚集的地方。

4. 特殊情况

因为在海外项目的不同，所遇到的东西很难和国内一样，按照经验就能做出一个完整的参照，像土质、资源税、报监理审批程序以及监理在海外工程地位翻天覆地的变化等，都是需要注意的。

国内很多需要特别高的工程素质才能克服的一些技术难度，而在海外更多的是需要优化机械和人的搭配组织，所以很多地方需要改变想法。

在东非片区，各个单位一起共享一些在这个地区发展吃过的亏、而不是犯过的错自己悄悄藏起来等着下一批人继续犯，大家都是中企，走出来是挣钱的，不是互相残杀的，这一点感觉项目所在地和沿线中企的合作交流就真的有大企风范。

5. 和当地员工的相处

和中方员工就不用说了，因为经过大学我们都学到了很多，每个人有自己的一套为人处事的方式。我要说的是跟当地员工的相处方式，他们或许是现场的工人，或许是营地打杂的，或许是联邦警察。

我们对当地员工不应该有任何歧视或者反感心理。他们虽然经济上不富裕，但是他们对于生活的乐观是我们难以做到的。他们热爱生活，很友好，乐于助人，有自己的信仰。对待他们时，你不仅仅要做到不歧视更要对他们热情，因为你的一句"你好"，可能换来的是十次笑脸相迎，或许你遇到什么困难了，他就会帮你一个大忙！

综上，是我海外工作一年的一个回顾总结，希望能帮助到的还未开启海外工作的下一批新人。

地球修理工小白进阶秘籍

最近，很多刚毕业的大学生，都陆续走上各自的工作岗位，开始从学生到社会人的转变，所以就我全程跟进入职培训，给即将从事长方体空间移动师工作的朋友们，整理一些工作上可能会用到的东西。

对在国企做国际工程的朋友而言，基本的一些发展方向大致为合同管理、经营开发、施工管理、财务等板块，本文算是我跟着培训回炉再造的一个感受，和大家做一些分享。

1. 合同管理

为什么把合同管理放在第一位，因为做海外工程，很多项目都是参照国外的合同，像我们熟知的FIDIC，其实有时候一个项目能否盈利，不仅和现场的生产水平和效率相关，还受到合同的制约。

其中较为精华的几项，两年前我是没有体会的，当有了海外现场的工作经历后再回头来看，发现真的每一句话的背后，都可能潜藏着巨大的经济利益，"金屋藏娇"诚不我欺！

合同中我觉得最为精华的一个部分为：所有我们干的活，或者在监理的指令下让我们产生费用的行为，都要在合同的指导规范下，把它书面化，以此作为计量或者索赔的依据。

例如，曾经我去首都帮忙带过一个行李箱那么多的计量文件，都是一些和监理的信函往来，每一封信函的背后，都对应着我们现场的某个施工行为，那一箱差不多就值100万美金，想象一下你的行李箱里装着100万美金，有没有感觉很刺激？

再举一个特别具体的例子。对于监理的口头指令，2天内需要写信给监理进行书面确认。有一次，监理口头让我对1km便道用硬性材料进行填充，不然不让我继续施工。为了保证进度，可能很多才毕业的学生会跟着监理的指令来，但是做这个事之前，一定不要忘了写一个书面的指令确认函，得到确认后，再进行这项活动。如果你直接听他的口头指令，做了这件事，但是没有书面确认，那这个行为背后产生的人工费、邮费、机械费、中方人员管理费等总消耗成本，是有可能不被承认的，这些损失可能比你一天的工资还多。当然还有一种强势的做法，如果写信监理没有回，拖着你，你也继续做，期间留存好发给他的信函，以及做这个施工行为的影音文像记录，信写了，证据也有，是监理没有回，这不能怪承包商吧？干了活有证据得给钱吧？当然不是特别建议用第二种方法，除非关系本就不好得治理一下。

对当地人来讲我们是外来人，一开始不管是当地人还是监理，对我们都不是特别信任，觉得中国承包商完不成给定的任务，因此一开始就一定要特别认真地注重细节，做好一开始的工作，用实力说话，建立起彼此之间的信任，后面工作会顺利很多。

写来往信函也要注意，一封信说清楚一件事就好，有利于监理做决定。

2. 经营开发

经营开发，其实也是一个重中之重，因为一个公司或者单位，想要发展，必须要扩张，但是扩张不能盲目扩张或者亏本扩张，所以就有了经营开发的存在，让一个公司进行保持盈利的扩张，这个盈利既可以是经济上的，也可以是其他层面的。

一个项目的启动与否，既要看上层领导的态度，也需要实打实地实地调研和考察后，拿到客观的数据，进行分析处理，对比招标文件，进行投标文件的编制，在公司既有资源的情况下，从人力资源、资金资源等方面综合考虑，是否能配套出投标文件中的科学配置和合理组织，再以此为基础决定是否开展。

国际工程系统性强，同时各个国家风俗各异，所以为了拿到最准确的一手资料，做出能力范围内的招投标文件，需要一线考察人员入乡随俗，实地考察，考察得越具体准确，招投标文件也越专业。

其实说白了，也是特别辛苦的一个活，如果一个项目想要落地，必须去到实处了解项目的基本情况，靠时间堆出专业性。编标很累，可能还不讨好，因为一个小的失误可能会导致一个团队的努力白费。如果想要中标，需要在规定要求的情况下，看怎么才能得高分，更有希望中标。至少态度和品行必须要端正，因为年轻而欠缺的经验还可以培养。

3. 施工管理

施工管理，也叫现场管理，其实在海外做项目，更像是一种微型创业，特别考验个人的组织管理和协调能力。

因为其实海外真正有施工难度的活很少，更多的情况是，给你当地劳务、材料、机械，然后让你在给定的有限资源内，做到单日产出最高。比如同样一套机械，同一批劳务，由于管理者不同或者管理方式不同，单日产出也不同，有些是能够有巨大改进空间的。

举个最简单的例子，同样是10辆自卸车倒料，土场管理倒料人员，一个不会英语的人可能就只能跟着自卸车睡觉，车到了目的地就行；另外一个虽然也不会英语，但是找了会英语的人帮忙写了个规则，对司机每天的修理次数、倒料车数、轮胎更换次数做了一个综合管理制度并给司机奖惩；前一个可能一天睡得舒服但是车损严重，可能10km运距只拉了60车料，后一个因为有成文的管理制度，他只需要时不时地盯一盯，顺利了以后他也能时不时地休息下，最后他一天可能没有什么车损，拉了100车料。这是我之前在项目中遇到过的真实案例，不管从产值还是磨耗成本，第二个方案远胜第一个。

特别对当地工人的一个管理，其实当他看到你良好的管理有不错的效果后，他也会更加信服你，只有有真本事别人才会听你的。

而且很多施工管理，还可以从设备上动脑筋，不是说现有的设备你就一定要用，而是可以考虑改进，只要能让施工生产更方便更快捷就好。

4. 财务

"财神爷"们可是香饽饽，动则上万甚至百万资金经手，但是一定要注意，千万不要觉得每天几十万经手，你就是这几十万资金的拥有者。因为财务这块不仅有财务，还有审计监察，会计学里我记得就有说：反映和监督。

财务人员不仅是做账，还有个讲究就是少付和缓付，因为资金有其时间价值，现在的一百块十年后可能不只值一百块。因为财务面对的诱惑其实更多，工程界的"小棉袄"不是白来的，所以更多时候，也需要利用流程和制度来保护自己。不管在一个组织还是一个体系，怎么保住自己是最重要的，没有生存何谈生活。一切按照流程，即使最后结果不尽如人意，也不会过多追究你的责任或者你的责任就没那么重。

去海外前需要想清楚什么

最近收到很多网友的咨询，大致问题如下：

我是学××的，我想毕业去海外，请问有什么途径?

我是学××的，我想知道去海外合同签多久，薪资多少，推荐去吗?

××单位怎么样，好不好?

我从肯尼亚边境回来后，做了一段时间HR，应聘过一些人，也办理过一些离职，说实话，最近对这些问题的感受，和之前在海外工作时候的感受完全不同。

本篇我将结合在国内和国外工作的感受，针对"去海外前，你需要想清楚什么"这一问题，说一些我的看法。

网上有很多具体的非洲生活的描写，公众号里也有一些关于非洲的生活描写，如果你非常确定你就是喜欢非洲的生活，并且在你的人生规划中可以留出3~5年在海外工作，那建议你去。

当我回国后，因为做公司HR的原因，真的接触了太多人，很多人一开始都是怀着满腔热血去非洲，结果没待多久就跑路，辞职的人，大多数是为了回国，为了家庭。

在海外的有不少幸福快乐的，挣着高工资享受着原始风景和广阔天地大有作为的自由；在国内的也习惯着朝九晚五的规律生活，平淡是福；也有一开始想在海外闯出天地，最后看不到前途辞职的；也有一心一意奉献海外做出自己成就的，甚至改写自己命运为人称道的。

想一想，你到底是属于哪一类？

下定了"头可断，血可流"的决心以后，就要想办法解决未来可能让你离职的一些问题，因为离职其实对个人和公司都是一种损失和浪费。个人层面浪费了时间和精力，浪费了在一个公司的积累；公司层面，也花费了时间、精力、金钱去培养员工。

就我遇到的离职原因无非几样：

Q1：身体吃不消，心理受不了。

Q2：感觉没有希望，海外项目越发难以盈利，工资发放不够及时，升职加薪没有达到目标。

Q3：家庭，都会面临父母老去、结婚生子等现实问题，虽然每个人都是独特的个体，但是我们都有作为社会人的需要，都要履行一些责任和义务。

这些问题，是你去到海外一定会遇到的，其实很多公司也知道，只是有的在想办法解决，有的没办法解决，有的是在解决的路上。

对这些问题的一些思考回答如下。

A1：这个就是为什么很多公司，每年都会组织员工体检，既是对员工自身的健康负责，也是为公司减小用工风险，是个双赢的事。同时，这也是为什么实行年休假制度，这些其实都是公司为员工身心提供的保障，当然如果身体确实不适合去海外，有风险，公司其实也不会同意去海外，就如同之前我遇到过一个能力特别强的商务，因为身体存在一些健康风险，最后公司没有同意录用，这个对其本身也是一种保护。

A2：其实这个局面，是因为现在海外竞争太多造成的，进入市场的中方企业越来越多，竞争越来越大，在海外的其他国家以及其他海外公司的同学朋友，都反映盈利比以前难太多。这个可能更需要一些真心实意想做好海外的公司，团结一心地做好一个项目，那样项目才会盈利，有了好的经验和人才，依次复制到后面的项目，才能扭转局面。盈利以后，才能有资本拿更多项目，有项目才会有更多的升职岗位，也才能够及时发放工资和奖金。

A3：家庭版块，确实也是海外人的一大重难点。但是随着现在国家对海外的重视程度的加大，越来越多的公司，也在考虑着，出台一些政策制度等加大对海外人的关怀，例如，亲属过世慰问，同是职工的情况下尽量将干海外的情侣分到一个项目或者一个片区，节假日对海外人家属的礼品慰问等。这些事看起来简单，做起来真的需要后勤的人付出不少的心血，但是这个心血的结果会带来一种属于海外人独特的家文化导向。

总的说来，我也曾是个热血少年，也在非洲留下了属于自己的记忆，我觉得现在回头看，我是不后悔去过海外的，这段经历能让我的人生更丰盈饱满。但是长远的话，我相信很多人需要的是一个期限，一个人出去后什么时候能过上自己想要生活的期限。这个解决方法其实只有两个：一是要自己有个规划，自己给自己一个期限，以及为了这个期限自己所需的准备，所具备的一些能力；二是公司层面，随着海外业务的蓬勃发展，盈利越多，能越早达到财富目标的加快，能够更早确定这个期限。

回国前后，驻外人的抽样调查结果汇总

（1）在海外干了多少年回国？大多数是干了1~3年回国，因为这个时候会有一些积蓄，更多人估计是冲着首付到手，趁着年轻，谋求第二次发展。可能因为我所处群体的原因，10~20年基本是断层的，但是从我所在的公司来看，这样的还是有少部分，并且大多数都在公司成为中流砥柱。

（2）多数人从事的是工程相关行业。

（3）回国后从事的工作：可以看到，驻外人回国后从事的工作也是五花八门，在国内继续做工程的比较多，也了解过其他在海外和国内都有工程的公司，也会让员工去海外干一阵工程，再回国内的项目调整适应下国内的节奏。其中，创业和在公司本部工作的人，都不在少数。

（4）所在的海外地区：非洲为大多数驻外人所在的地方，还有个影响因素就是，我本身在非洲待过，所以这个问卷非洲的朋友帮忙填写的比较多，我知道的，南太平洋也有一些项目。

（5）大多数驻外人的薪酬待遇是年薪10万~15万元，估计和填写的大多数人工作年限较短、资历尚浅、经验不足有关，当然，单位的选择也是一方面，有时候同等条件下，选择比努力更重要。

当然可以看到，之前有个干了20年以上的，应该也是最后一个，年薪

100万元以上的，真的耐得住20年，我也认识这么一个人，随着在海外的积累实现年薪100万，相对于国内来说是比较容易的。

（6）回国后，大多数人的薪水标准是5万~10万元，其次是10万~15万元，有一个问题就是，海外如果说这个薪资，是到手就有这么多，而国内哪怕有10万~15万元，各种花销之后，能有8万元就很不错了。

（7）回国后所在地区：大多数人去了南方，应该大多数人，也是从南方去了海外。

（8）家庭情况方面：大多数人的家庭条件一般，需要自己解决车房，也印证了前面不少干1~3年离职的，因为解决了车房的一部分资金问题。

（9）在海外的职位版块：大多数为基层职工，还有项目经理和片区经理等。

（10）工程口转行方面：从事工程口的朋友，还有不少转行的，没有转行的也没有设置原因。从我接触的情况看，应该是项目上一般调岗很难，因为大多数时候，你做了一个岗位，为了保证项目进度，多数项目经理会让你干很久，遇到让你轮岗的领导，一定要珍惜，因为证明项目管理的不错，可以为轮岗提供条件，也是想好好培养你。

（11）非工程口人员转行：可以看出，相比工程口人员，非工程口人员转行很少。

（12）对于是否后悔海外：给即将打算去海外的朋友一些信心，因为从抽样调查得来的情况来看，大多数的人是不后悔的，当然不排除幸存者偏差，因为既然有心思填这个的，估计也是自己有想法打算的，所以海外本就可能是他们深思熟虑的打算。

（13）后悔或者潜在可能后悔的原因：绝大多数人是因为错过了国内的发展机会而后悔，所以其实如果去了海外，也是需要准备面临的机会成本，确实现在国内的发展日新月异。

上述内容，为本次抽样调查的结果，希望能为还在海外的朋友提供一个参考。

后记

　　一开始想去非洲待五年那会，是听招聘的人说：干五年，一百万。这个对于还在学校的我来说，是非常诱人的，你想啊，一百万啊！

　　家里虽然一直做着生意，但是父母都非常勤俭节约，买个几百块的东西都会犹豫很久，但是在我的学业上从来没有吝啬过。初中由于虚荣心作怪，想上重庆当地一个特别好的私立学校，因为那会我们镇上有几个人去了，很有面子，父母也是二话没说就交了钱。但是期间他们自己的生活都一直过得很节俭，所以我也很想自己挣钱回报他们。那个时候觉得家里没钱，就想多挣点，自己又爱出去玩，自己给自己挣出游的钱，想着既能去国外走走看看又能挣一百万，去！为啥不去！

　　虽然一开始家里不是很支持，因为是独生子女，父亲非常反对，但是最后没有扭过我，我妈可能不知道非洲是啥概念，就笑呵呵说想去就去。

　　于是我就填了国际班，去了海外，选择地方的时候我也一点没有避开非洲，就选的肯尼亚，因为当时大学有个活动报名参加落选了，算是圆梦吧。

　　结果刚到非洲下了飞机我就打了退堂鼓，这比我们小镇还落后啊！而且站在一群体格健壮的非洲大叔中间，让我很没安全感。我还犯了落地第一个错误——拍照，手机被持枪警察收了，罚了我二十美金，体验感确实不好，但是回头看都是经历。

去非洲工作的很多人都是为了让日子过得更好求财去的，这也挺好，有的放矢。当时确实挣了不少钱，而且没有消费的地方，回国你就只剩下钱了，所以还是能攒下钱。对缺钱的朋友还是很友好的，因为这至少是一个挣快钱的途径。可能也有不少人说国内也可以挣到那么多，但是国内花钱的地方多，基本攒不下钱，还有就是国内我也接触过一些很会挣钱的穷人家的孩子，但是真的是少数，除了个人非常努力也需要很多机遇。

你要问我去非洲后悔吗？原本当时家里的经济条件还可以，父母在我还没大学毕业的时候就给我在重庆市里全款买了房，如果按照大多数人的生活状态，可能有了房找个正常的朝九晚五的工作也挺好，但是我还是选择了去非洲。一方面家里一直教育，既然签订了合同就别反悔，虽然我签合同之前我父亲很反对，母亲没有太多的文化只是觉得签订了合同不要反悔；二来确实自己在认识的人面前都立了人设，要去非洲五年，不想打自己脸，虽然最后也没呆满五年。

但是确实回头看，真的算不上后悔，那段经历让我实现了经济自由，也让我更加深入地探索了另一块世界的土地，深层次体验了另一种文化交融，还有幸能够登上央视。不过也为了追求自己的非洲梦和海外梦，放弃了很多，比如国内的灯红酒绿与当时的爱情，每种选择后面都是自己要承担的代价吧。

几十年后，我若逝去——这个话题听起来有点别扭，希望我们都能在尽好自己家庭义务和责任的情况下，没有遗憾的地离开这个世界。到那个时候，希望我的墓碑上写着：这是个还算有趣的人，他尽可能地尝试了多样的人生。让人知道有过那么一个中国人，在那样的时代背景下，在非洲的边境真切经历了很多故事，再放上我公众号的二维码，谁说人逝去后，就不能继续涨粉了？